徳間文庫

小鍋屋よろづ公《く》事《じ》控《ひかえ》

有馬美季子

徳間書店

目次

第一章　猫はいずこへ

一

睦月《むつき》（一月）七日は、人日《じんじつ》、あるいは七草の節句とも呼ばれる。

日本橋は小網町《こあみちょう》一丁目にある小鍋屋〈よろづ〉では、お客たちに七草を使った鍋を出すべく、女将《おかみ》のお咲《さき》が仕込みに励んでいた。

板場の窓から、初春の穏やかな日差しが注いでいる。

格子戸が開く音がして、お咲は手を休めて板場から出た。

「お帰りなさい。めぼしいものはあった？」

「鰆《さわら》を買ってきた」

「大きくて、ツヤツヤしているの」

亭主の銀二《ぎんじ》に続けて、娘のお玉《たま》が答える。二人で魚市場に、買い出しにいっていたのだ。

店に届けてくれる魚屋もあるが、銀二は素材に煩《うるさ》いので、自分で魚河岸《うおがし》に赴《おもむ》くことも多い。手習い所はまだ休みなので、お玉もついていった。

差し出された鰆を見て、お咲は声を上げた。

「これは脂も乗って美味《おい》しそうね。丸々肥《ふと》って、艶《つや》があって、斑紋《はんもん》もはっきりしているわ。新鮮ってことね！」

「俺の目利きに狂いはねえよ」

銀二は節くれだつ指を目元に当て、微《かす》かに顎《あご》を上げる。お玉は両親を見上げ、円《まる》い目を瞬《しばたた》かせた。お玉は五つ、お咲が十九の時に所帯を持ってすぐに産んだ娘だ。お咲はお玉と顔立ちがよく似ているようで、お客たちからも瓜《うり》二つと言われる。娘が最近とみに自分に似てきたと、お咲自身も思っていた。

母娘《おやこ》は朗《ほが》らかだが、銀二は強面《こわもて》なので、黙っていると怖がられることがある。お咲たち一家は、店の二階で仲よく暮らしていた。

「おっ母《か》さん、私もお手伝いする」

「あら、ありがと。助かるわ」

お咲は娘の頭を撫《な》でる。二人を眺めつつ、銀二は腕を組んだ。

「お玉は五つながらよく働く」

「本当に。誰に似たのかしら」

「俺だな」

冗談めかしたお咲の言葉に、銀二が即答する。

普段は寡黙で必要なことしか喋《しゃべ》らないが、娘のこととなると銀二はむきになる。

「そうかしら」

「むろん、俺だ」

「私もこれでけっこう働き者よ」

「それはそうだが……」

「それに最近、私とお玉はよく似てきたってお客さんにも評判よ」

「それもそうだが……」

「よく気づくところなんてそっくりだって」

「俺だって気働きくらい……」

「いつもむすっとして床几《しょうぎ》に座ってるくせに。怖がるお客さんも多いのよ」

「…………」

「私は二人に似ていると思う」

劣勢の銀二にお玉が助け船を出した。こういう気働きができることが、お咲は我が娘ながら誇らしい。

お玉の言葉を聞いて、銀二の眉間の皺《しわ》が少し緩んだ。

「そうね、お玉は私とお前さんの子だもの。二人に似ていて当然ね」

「当然だ」

銀二が深く頷《うなず》く。

「うん」

円い目を猫のように細めて、お玉が二人を見上げてくる。

銀二は相好《そうごう》を崩しながらお玉の頭を撫でた。普段は強面だが、実は銀二は優しい。

お咲はそんなところを見たくて、ついからかってしまうのだった。

板場へと戻り、お咲は鯑《さば》を捌き、お玉は七草を丁寧に洗った。

「おっ母さん、七草を食べると、元気でいられるんでしょう？」

小さな手を動かしながら、お玉が訊《たず》ねる。外で冷たい風に吹かれたからだろう、ふっくらとしたあどけない頬は、仄《ほの》かに赤らんでいた。

お咲は包丁で巧みに捌きながら、答えた。

「そうよ。血を綺麗《きれい》にしてくれたり、胃ノ腑《いのふ》の働きをよくしてくれたり」

「ふうん。七草にも、そんな力があるのね」

お玉は目をいっそう円くして、手に持った芹《せり》をじっくりと眺める。

「食べ物ってのは偉大なんだ」

銀二は、板場の隅に置いた床几に腰かけている。お玉は笑顔で答えた。

「感謝して食べなくちゃね」

銀二も笑みを浮かべて頷いた。

銀二は、所帯を持つまでは板前をしていたが、訳があって今は決して包丁を持つことはない。お咲と夫婦になり、三年前によろづを開いてからは、主に仕入れを請け負っている。

お咲は二人目の女房だ。知り合った頃には、前の女房とは既に別れていた。文化八年（一八一一）の今、お咲は齢《よわい》二十四だが、銀二は四十一。歳《とし》の差がなんと十七の夫婦である。

お玉はすずな（蕪《かぶ》）を丁寧に洗いながら、玉を転がすような声を出した。

「七草の節句だから、お祖父《じい》ちゃん、絶対に来るよね」

お玉の祖父、つまりは自分の父親である清史郎《せいしろう》のことを言われ、お咲は眉を微かに動かした。手を止めずに答える。

「そうかもしれないわね」

「お祖父ちゃん、いつもぶすっとした顔で食べて、帰っていくでしょう。この店のこと、好きじゃないのかしら」

お咲が返事をせずにいると、銀二が代わりに答えた。

「お玉、お祖父ちゃんは、もとからああいう顔なんだ。仏頂面っていうんだ。うちの店を嫌いな訳じゃない」

年が明けて、よろづは五日から開けている。清史郎は五日、六日と続けて食べにきていた。

お玉は声を弾《はず》ませた。

「そうよね。今年は毎日来てくれているし、ここが好きなのよね」

お咲は娘をちらと見た。

「お玉、なるべく早く洗ってね。それが済んだら、二階で絵草紙でも読んでいなさい」

「……はい」

お咲の口調が些《いささ》か厳しかったので、お玉は小さな肩を竦《すく》めた。口を閉じ、熱心に野菜を洗っていく。床几から腰を上げ、銀二もお玉を手伝った。包丁は持たぬが、洗い物はするのだ。

お咲の態度が微妙なのは、父親の清史郎と、予《かね》てから折り合いがよくないからだ。清史郎は、今は手習い所を開いて子供たちに読み書きを教えているが、お玉を別の手習い所に通わせているのには、そういった訳があった。

いつもは明るいお咲の、こうした頑《かたく》なな一面を、二人から案じられているような雰囲気を感じる。敢《あ》えてそれに気づかぬふりをして、お咲は鰆を捌き続けた。

二

よろづでは、主に小鍋料理を出す。開けている刻《とき》は、昼間は四つ（午前十時）から九つ半（午後一時）、夜間は七つ半（午後五時）から五つ（午後八時）までで、夜は酒も出す。

十二、三人ほどが腰を下ろせる小上がりのほか、腰かけて食べられる床几も置いてある。床几の前には大きめの空樽《あきだる》を置いているので、料理はそれに載せることができた。

開店して三年だが、旬の食材を小鍋仕立てで出す店は話題となり、ありがたいことに繁盛している。といっても七輪に鍋を載せるという形ではなく、小鍋をそのまま出している。気軽に食べられるし、よろづとしても炭などの負担がなくて済むからだ。

それでも、よろづの小鍋は躰が温《ぬく》もると評判だった。

昼餉《ひるげ》の刻に、鰆と七草の小鍋を出すと、お客たちは相好を崩した。鰆の大きな切り身、爽やかな彩りの七草、豆腐が、たっぷりと入っている。小鍋には、ご飯とお新香もつく。今日のお新香は、蕪の梅酢漬けだ。

「こりゃいいや！　鰆の旨味《うまみ》が七草にも染み込んでいて、するする胃ノ腑に入っちまう」

「本当に。七草粥《がゆ》よりずっと食べやすいわ」

近くの長屋に住むご隠居の徳治《とくじ》と、女房のお江《こう》に褒められ、お咲も頬を緩める。自分が作った料理を喜んでもらえると、やはり嬉しい。

寒い時季、小鍋は湯気とともに円《まろ》やかな匂いを放ち、お客たちの心を摑《つか》んでいく。

「ごゆっくり召し上がってください」

お咲は丁寧に一礼し、下がった。

板場に戻ると、すぐに別のお客の昼餉を用意する。鍋や椀《わん》の洗い物や片付けは、銀二の務めだ。今日はお玉も手伝ってくれていた。

九つ半（午後一時）にいったん店を仕舞って一息ついたところで、皆で遅い昼餉を食べる。お客に出した料理と同じものだ。汁を啜《すす》り、七草が絡んだ鰆を頬張って、銀二は唸《うな》った。

「旨い」

「七草粥はあまり好きじゃないけれど、お鍋にするとどうして美味しく食べられるのかしら」

お玉は目をぱちぱちとさせ、首を傾《かし》げる。お咲は娘に微笑《ほほえ》んだ。

「お玉が丁寧に洗ってくれたから、七草がよい味になったのよ」

「じゃあ、おっ母さんと私の二人で、七草鍋を成功させたのね！」

「そうね。夕餉でも、お客さんたちに喜んでもらえたらいいわね」

「また丁寧に洗うわ！」

嬉々とする二人を眺めながら、銀二はなにやらぶすっとしている。眉間の皺《しわ》が深い。

それに気づき、お咲はさりげなく付け加えた。

「でもね、お玉。鍋の肝となる鰆を選んできてくれたのはお父《とっ》つぁんだから、それを忘れないように。三人で力を合わせたから、よいお味の鍋ができたってことよ」

お玉は両の手で口を押さえて、父親を見た。

「そうだったわ。お鍋には七草だけじゃなくて、鰆も入っているのよね。お父つぁんの目利きがあってこそだわ」

「そういうことだ」

銀二が眉間の皺を緩ませながら言った。

「さすが、お父つぁん」

「当然だ」

銀二は笑みを浮かべて、お玉の頭を優しく撫でる。

二人を眺め、お咲も顔をほころばせた。

それから再び仕込みを始めた。鰆は傷《いた》まぬよう、すべて既に煮込んである。お玉に洗ってもらった七草をお咲が刻んでいく。

鍋料理のよいところは、魚などの生物《なまもの》を一気に煮込んで、置いておけることだ。夕餉の刻には、鰆の旨味がいっそう汁に溶《と》け出て、さらに美味しくなるだろう。

「これにお餅を入れても、いいかもしれないわね」

「お客さんたち、喜ぶわ！　注文を取る時に訊《き》いてみれば」

「そうね。お餅を希《のぞ》む人には、入れてあげましょう」

母と娘は微笑み合う。お咲は包丁を置いて板場から出ると、小上がりの掃除をしている銀二に声をかけた。

「お前さん！　夕餉には鍋にお餅も入れたいから、ひとっ走りして買ってきてくれない？」

銀二は畳を乾拭《からぶ》きする手を止め、女房を見て目を擦《こす》った。

「それはいい考えだ。すぐ行ってくる」

銀二は美味しい料理のためなら労を厭《いと》わない。

「頼んだわよ！」

お咲は威勢よく言うと、さっさと板場へと戻った。

三

七つ半に店を再び開けた。今の時季、この刻でも既に薄暗い。掛行灯《かけあんどん》を灯《とも》すと、〈よろづ〉という文字が浮かび上がり、宵闇《よいやみ》を優しく照らした。

その明かりにつられるかのように、お客たちが入ってきた。

まずは常連客の孫助《まごすけ》だ。板場にまで大きな声が響いた。

「ああ、腹が減った！　旨いものを食わせてくれ」

言うなり小上がりに座り込む。孫助は齢五十七の、腕のよい大工だ。三年前に女房に先立たれ、男やもめである。よろづには開店当初から通ってくれている、馴染《なじ》みのお客だ。

お咲が出ていき、声をかけた。

「いらっしゃいませ。お酒にしますか、ご飯にしますか？　訊かなくてもだいたい分かりますが」

「なら訊くなよ。酒だ」

「かしこまりました」

「今日は何だい」

「鰆と七草の小鍋です」

「ほう、ちょいと珍しい組み合わせじゃねえか。楽しみだ」

唇を舐《な》める孫助に、お咲は微笑んだ。

「なかなか評判いいですよ。期待してお待ちください。今日はお餅も入れられますが、如何ですか」

「いいねえ。汁を吸った餅はつまみにもなる。一つ入れてくれ」

「承知しました」

一礼して下がり、急いで板場へ戻った。

孫助の膳を用意していると、またお客が入ってきた。

「いらっしゃいませ」

お咲が大きな声を上げると、今度は銀二が注文を取りにいく。銀二は、料理は作らないが、接客や、料理や酒を運ぶことなどは引き受けていた。お咲に料理を指導したり、料理について意見を出しているのも、銀二なのだ。一見、お客には怖がられているが、怖いのは顔だけで根はいい人だと皆分かっているようで、慣れてくると銀二と話すことを好む者も結構いた。

あどけないお玉はお客たちに人気があるので、たまに店に出てもらう。だが夜は酒を出すので、お咲はお玉をなるべく二階に上げている。今夜もお玉は二階で、おとなしく絵草紙を読んでいた。

お客は次々に入ってきて、小上がりはたちまち埋まってしまった。

常連客のおとみが、料理を運ぶお咲を呼び止める。齢三十一のおとみは常磐津《ときわづ》の師匠をしており、声がかかれば自ら座敷にも赴く。座敷に呼ばれる前に、よろづで食べることが多い。婀娜《あだ》っぽい美女のおとみは、三味線の腕も確かで、多くの弟子を抱えていた。

お咲は訊ねた。

「ご飯がよろしいですよね」

「ううん、お酒がいいわ。今日はお座敷がなくて、この後、空《あ》いているのよ。あ、お餅も一つほしいな」

鼻にかかったような甘い声で、おとみが答える。おとみの色気には、女でもたじたじとなってしまうほどで、お咲も初めは戸惑っていたが、近頃はだいぶ慣れていた。

「かしこまりました。お酒は先がよろしいですか」

「お願いするわ。冷やでいいから」

「少しお待ちください」

お咲が笑顔で下がろうとしたところで、孫助がおとみに話しかける。

「今日は、皆、家でおとなしく七草を食っていて、宴会など開かないんだろうな」

「でも、外で吞《の》んでいる人は、結構いるんじゃないかしら。私たちだってそうでしょう」

「まあ、そうだな」

「胃ノ腑を休めようって日なのに、お互い懲《こ》りないわよね」

二人の笑い声を聞きながら、お咲は板場へと戻った。

すぐに酒の用意をして運ぶと、これまた常連の与兵衛《よへえ》も小上がりに腰を下ろし、孫助とおとみの話に合いの手を入れていた。

与兵衛は齢二十八、南町奉行所同心の手下の岡っ引きで、噂話《うわさ》と酒をこよなく好んでいる。お咲が訊く前に、与兵衛は言った。

「小鍋と酒ね。あっしも冷やでいい」

「少しお待ちください。でも与兵衛さん、お銚子《ちょうし》は二本までですからね」

お咲に念を押され、与兵衛は頭を掻《か》く。

「それ以上呑もうとして、あっし、いっつも女将に怒られるんだよなあ」

お咲は涼しい顔で答えた。

「お銚子二本まで、というのがうちの決まりですので」

「そうよ。それに与兵衛ちゃん、そんなに強くないじゃない。でれでれに酔っ払って、迷惑かけては駄目よ」

おとみにも窘《たしな》められ、与兵衛は肩を竦めつつも、なんだかにやけている。与兵衛がおとみに密《ひそ》かに惚《ほ》れているであろうことに、お咲は気づいていた。

お咲が酒を運ぶと、ほかのお客の話し相手になっていた銀二がやってきて、与兵衛に酌をした。

「今日もご苦労さんでした」

「おお、すみやせん」

与兵衛は一息に干し、満面に笑みを浮かべた。

「旨いねえ」

その一言があまりにしみじみとしていたので、笑いが起きる。彼らのもてなしは銀二に任せ、お咲は板場でせっせと料理に励んだ。

鰆と七草の小鍋は大好評で、餅の追加を頼む者も多く、皆、汁一滴も残さずに平らげた。

ずっと満員で賑《にぎ》やかだったが、六つ半（午後七時）を過ぎると、お客たちは少しずつ帰り始めた。

孫助たちがまだ残っているところに、またも常連客がふらりと入ってきた。紙問屋の主人の、時蔵《ときぞう》である。

「いらっしゃいませ」

お咲は朗らかに声をかけつつ、時蔵が浮かない面持ちであることに気づいた。

時蔵は小上がりに腰を下ろすと、目を擦って溜息《ためいき》をついた。

「寝不足気味ですか」

銀二が訊ねると、時蔵は首を横に振った。

「いや、よく寝てるよ。……あ、先に頼んでおこう。小鍋とご飯小盛り、それにお銚子を一本つけてくれ」

「かしこまりました。少々お待ちください」

お咲は直ちに板場へ走り、まずは酒を運ぶ。銀二に酌をしてもらっている間に手際よく用意し、料理も運んだ。

時蔵は小鍋を見て頬を緩め、匂いを吸いこんでうっとりし、味わって相好を崩した。

「いやあ、今まで食べた七草料理の中では、最高だ。去年の七草鍋を超えたな」

おとみが首を傾げた。

「去年の人日は、私はよろづにお邪魔しなかったわ。どんな料理だったのかしら」

「牡蠣《かき》を使っていて、それはそれで旨かったんだが、七草の風味には鰆のほうが合うような気がするな」

「ああ、確かに。鰆のほうがあっさり食べられるわね」

おとみが納得したところで、孫助が陽気に言った。

「いや、去年も今年もどちらも旨かったよ。胃ノ腑がすっきりした感じで、また明日から仕事に力が入りそうだ」

「それはよかったです」

お咲は目尻を下げる。与兵衛も盃《さかずき》に口をつけながら、締まりのない顔で相槌《あいづち》を打った。

「今年の鍋も実に旨い！　だが酒が進んじまって、けしからん」

「酔っ払うお前が一番けしからん」

孫助が窘めると、またも笑いが起きる。皆、和《なご》んでいるのに、時蔵はやはりどこか元気がなく、お咲は気に懸かった。

時蔵は、ひたすら黙々と食べる。時蔵の様子がいつもとは違うことに、皆も気づいたようで、顔を見合わせている。

お咲は思い切って訊ねてみた。

「あの、何かあったのですか」

すると時蔵は大きな溜息をつき、食べる手を一瞬、止めた。皆の目が集まる。少しの間の後、時蔵は口を開いた。

「飼い猫のことで困っているんだよ」

お咲は首を傾げ、銀二や孫助たちは目を瞬かせる。時蔵は、ぽつぽつと話し始めた。

三年前から飼っていたムギという名の猫が、十日ほど前、突然姿を消してしまったという。ムギは、もともとは時蔵の店の周りをうろついていた野良猫だったそうだ。

だが明るい小麦色の毛並みがなんとも美しく、時蔵の家族はその猫に惹《ひ》かれ、飼うことにした。

「毛の色から、ムギと名づけたんだ。ムギは雌で、美人ならぬ美猫でね。我が家では皆に可愛《かわい》がられていた。特にお千香《ちか》が夢中でね。まさに猫可愛がりしていたんだ」

お千香とは、時蔵の孫娘で、お玉と同じく五つである。お千香とお玉は手習い所が一緒で仲がよく、ムギのことはお咲も知っていた。

「私、その子を見たことがありますけど、本当に可愛いですよね。お千香ちゃんが猫を連れて、うちに遊びにきたことがあったんです」

「ああ、お千香もそのようなことを話していたな。女将さんにムギを褒めてもらったと、喜んでいたよ」

それほど可愛がっていたムギがいなくなり、お千香は心を痛めて塞《ふさ》ぎ込み、熱まで出して年末年始は寝込んでしまったそうだ。

時蔵は溜息をついた。

「可愛い孫娘のそのような姿を見ていられなくてね。年が明けるとすぐに、手代《てだい》たちに活を入れて、皆にムギを捜させたんだ」

お咲は息を呑んだ。

「それで、見つかったのですか。それとも……まだ？」

時蔵は汁をずずっと啜って、答えた。

「あちこち走り回った甲斐《かい》あって、見つかった。……だが、ほかの者に飼われていたんだ」

お咲は銀二と、目と目を見交《みか》わす。孫助たちも顔を見合わせる。岡っ引きの与兵衛が身を乗り出した。

「それで、いったい誰に飼われていたんですかい？」

鰆を呑み込み、時蔵は答えた。

「六軒町《ろっけんちょう》の裏長屋に住んでいる、お留《とめ》さんという、一人暮らしのお年寄りだ」

六軒町は掘割《ほりわり》に架《か》かる橋を渡ればすぐで、ここ小網町一丁目とさほど離れていない。

銀二が訊ねた。

「お留さんと話し合って、取り戻すことはできないんですか」

時蔵はまた汁を啜って、浮かぬ顔で首を横に振った。

「うちとしては、どうしてもムギを返してほしいので、お留さんに言ったんだ。拾って世話をしてくれたお礼はする、一両払うので返してくれないか、と。……だが、お留さんは、嫌だと言った」

与兵衛が声を裏返した。

「一両出すって言ったのに、そのお婆さんは断ったんですかい？」

「そうだ。二両を払うと言っても断られた。三両ではどうかと訊いても、駄目だった」

孫助が眉根を寄せる。

「ずいぶん強情なお婆さんだな」

「四両でも断られたよ」

おとみが口を挟んだ。

「ってことは、お留さんも猫に魅了されてしまったのかしらね」

「魔性の猫、ってとこですかい」

酒の回った与兵衛がヘラヘラと口を挟む。いつものことなので、誰も取り合わない。物足りなさそうに、与兵衛は空《あ》いた二本のお銚子を弄《もてあそ》んだ。

お咲は少し考え、口にした。

「ムギの愛らしさが、孤独なお留さんの心を、癒《いや》してくれたのかもしれませんね。それで、手放したくなくなってしまったのでは」

与兵衛は小さく頷き、食べる手を止めた。

「どうすればいいのだろう。どうにか五両で話をつけることができないものか」

もとは野良猫でも、取り戻すのに五両出しても惜しくはないようだ。それほどムギは、お千香はじめ時蔵の家族に愛されていたのだろう。

時蔵が真剣に悩んでいることが伝わってきて、お咲たちも顔を見合わせ、押し黙ってしまう。

お留の気持ちも分からなくはないが、時蔵たちの思いもよく分かる。特にお千香は、二つの時からムギが傍《そば》にいて、一緒に育ったのだから、いっそう愛着があるのだろう。

静かになってしまった中、時蔵は姿勢を正して、お咲を見つめた。

「女将、このような場合は、いったいどうすればよいのだろう。元公事師《くじ》の女将を見込んで、相談させてもらいたい」

そう言って、時蔵はお咲に頭を下げる。お咲は目を瞬かせ、眉を八の字にした。

四

時蔵が言ったとおり、お咲はよろづの女将になる前は、公事師だった。

公事師とは、当事者に代わって訴訟を進めたり、手続きを指導したりする者のことである。つまりは平たく言えば、様々な揉《も》め事の解決を、手助けする者だ。

父親の清史郎も元公事師で、馬喰町《ばくろちょう》で公事宿を営んでいたので、お咲はそこで父親に教えてもらいながら仕事を手伝っていた。

公事宿とは、訴訟やお裁きのために地方から江戸に出てきた者たちを宿泊させる宿屋のことだ。そこの主人が公事師であることが多い。

時蔵は、お咲が元公事師であることを知っているので、相談を持ちかけてきたようだ。だが、お咲は躊躇《ためら》ってしまった。

よろづの女将になってからは、公事師であった来し方を封印して生きてきたからだ。その裏には、銀二との出会いや、清史郎との葛藤があった。それゆえに、時蔵に突然昔のことを持ち出されて、お咲の胸に複雑な思いが広がった。

——何て答えればいいのかしら。今更、公事師の真似事《まねごと》をする気にはなれないけれど……お千香ちゃんのことは気懸かりだわ。

お千香はお玉と仲がよいので、娘の友を放っておけないという思いもある。考えを巡らせていると、銀二と目が合った。その穏やかな眼差《まなざ》しは、引き受けてみてもいいのではと、語りかけているようだ。

銀二の思いを汲《く》み取り、お咲は小さく頷く。一息つき、時蔵に凜《りん》と答えた。

「分かりました。私でよければ、中に入らせていただきます。お留さんとどうにか話をつけてみましょう」

時蔵は顔をぱっと明るくさせ、大きな声を上げた。

「女将、ありがとう、恩に着るよ！　いや、予てから噂は聞いていたんだ。女将は公事師だった頃、なかなかの腕前だったとね。訴訟の手伝いのほかにも、町人たちの揉め事を、奉行所に訴え出る前に解決することもあったそうではないか」

訴え出る者と、訴えられる者。両者の間に入って、話し合いつつ、両者とも納得いくように裁いていたという訳だ。

お咲は苦笑した。

「昔はそのようなこともしていましたね。もう忘れてしまったような気もしますが、お千香ちゃんのために、久しぶりに話し合ってみたいと思います」

「頼んだよ。女将が引き受けてくれて、心強い」

時蔵はひとまず安心したのか、食欲がいっそう湧《わ》いたようで、小盛りご飯をお代わりした。あまり汁をかけて味わうのだろう。

七草の節句の夜、常連客たちは皆、満腹のほろ酔い加減で、いい気分になって帰っていった。


店は急に静かになり、残っているのは小上がりの隅でいちゃついている若い男女のみとなった。この二人も、常連というほどではないが、よくよろづを訪れる。

彼らは放っておいてあげたほうがよいであろうと、お咲と銀二は板場に行った。

片付けを始めたところ、格子戸が開く音が響いたので、銀二が出ていった。遣《や》り取りする声が、微かに聞こえてくる。父親の清史郎が来たのだと、お咲は直感した。

小さな溜息を漏らしつつ、そのまま片付けていると、銀二が伝えにきた。

「小鍋とご飯小盛りに、お銚子一本。頼む」

「はい。……もっと早く来ればいいものを。いつも仕舞う頃になって、やって来るんだから」

銀二はお咲を見据えた。

「お前のお父つぁんじゃないか。いつまで、そんな態度を取っているんだ」

お咲は返事をせず、用意を始める。自分でも大人気ないと分かっていながら、実の父親に素直になれないのだ。

お咲が清史郎と折り合いが悪いのは、母親のお島《しま》のことがあったからだ。お咲は、美しく優しいお島のことが大好きだった。だがお島は、お咲が十二の頃、突然、失踪してしまったのだ。

文が残されていて、それには《家を出ます。許してください》と書かれてあった。

事件に巻き込まれた訳ではないようで、それは救いだったが、お咲は酷《ひど》く傷ついた。

慕っていた母親が去ってしまったということが、十二だったお咲には堪え難かったのだ。

お咲は涙に暮れながら、薄々察していた。お島が家を出ていったのは、清史郎のせいであると。清史郎は当時、仕事に熱心なあまりに、家族をちっとも顧《かえり》みなかった。お島もお咲も、いつも放っておかれていた。

お咲は物心ついてから、清史郎にどこかに遊びにつれていってもらった憶《おぼ》えなどない。清史郎は常に仕事ひとすじだった。それゆえにお咲は、公事については、父親から多く学ぶことができたのであるが。

清史郎は気難しく、公事の仕事を手伝う者たちはいたが、長続きせずに入れ替わりが激しかった。人手が足りず、家計を支えるべく、お咲は父親の仕事を手伝うようになったのだ。

初めは仕方なくであったが、慣れてくると、公事の仕事は意外にも面白かった。持ち込まれる相談事には小さなものから大きなものまであるが、いずれにも人同士の複雑な感情が絡んでいる。それを巧みに解決する仕事は、お咲にとって興味深いものであったし、清史郎の手腕に感心することもしばしばだった。

だが、女房を幸せにすることができなかった清史郎の人間性は、お咲にはどうしても疑わしく思えた。

父親から公事について学び、仕事を手伝いながらも、お咲は心の奥で、清史郎を許せずにいた。十七になり、仕事にだいぶ慣れてきた頃、銀二が公事宿に相談に訪れたことがきっかけで、彼と親しくなっていった。

やがてお咲も飛び出すように家を離れ、銀二のもとへと転がり込んだ。

お咲は清史郎のことを、公事師としては優秀だと思いつつ、父親としては敬《うやま》うことができなかった。十二の頃から葛藤を抱えていたお咲は、家を出ることをずっと密かに考えていた。そして、銀二に惚れた勢いで、ついに行動に移した。

いわば押しかけ女房のようなものであったから、お咲はそこで来し方を封印したつもりだった。お咲は公事師だったということを、銀二は板前だったということを互いに忘れて、新しい人生を一緒に歩んでいこうと誓い合った。

それが五年前で、所帯を持って間もなくお玉が生まれた。銀二は二年ほど日雇い仕事でがむしゃらに働き、独り身の時に貯めていたお金も互いに出し合って、よろづを開いた。

板前だったことを忘れたい銀二は、小鍋屋を開くことに複雑な思いがあったようだが、お咲の強い願いで押し切った。銀二と知り合ってから、お咲も料理に興味を持ち、密かに腕を磨いていたのだ。年上の銀二にいつまでも元気でいてほしくて、美味しくて躰《からだ》にもよい料理を作ってあげたかった。その思いは、お玉が生まれると、ますます募った。

お咲は物心ついてから、家族で仲よく食事をした憶えが殆《ほとん》どなくて、皆で突《つつ》ける鍋料理に予て憧れがあった。温かで、いろいろな食材が入っている鍋料理は、お咲には家族の味のように思えた。父親との葛藤を経て、お玉が生まれた時、お咲は願った。

――いつも皆で集まって、楽しく鍋を突けるような家族でいたい。

鍋料理は、お咲にとって、幸せの徴《しるし》だった。その思いが、小鍋屋を開くことを決心させたのだろう。

敢えて小鍋にしたのは、一人でも気軽に鍋を楽しんでもらえるようにだ。一人で小鍋を突いていても、いつの間にか周りの人たちと打ち解け合い、束の間でも家族の如く和んでほしい。そのような思いを籠《こ》めて、よろづを始めた。

十二の時に家族が壊れてしまったお咲にとって、今の暮らしは素朴であるが幸せに満ちた、かけがえのないものだ。

娘にも去られ、清史郎も思うところがあったのだろう、お咲が家を出てから少し経《た》って、公事宿を仕舞ってしまった。

公事師も辞め、今は近くの小網町二丁目の長屋で、手習い所を開いている。そして仕事が終わると、よく、よろづにふらりと訪れるのだ。

——お父つぁん、おっ母さんと私に悪いことをしたって、思っているのでしょうね。

お咲は清史郎の気持ちがぼんやりと分かりつつも、意固地《いこじ》になってしまっていて、なかなか素直になれない。

銀二が酒を運んだまま戻ってこないのは、清史郎と話し込んでいるからだろう。板場からそっと出て首を伸ばすと、二人が床几に腰かけているのが見えた。耳を欹《そばだ》てると、話し声も聞こえた。

銀二は清史郎に酌をしていた。

「小上がり、空《あ》いてますんで、移りませんか。あっちのほうが座り心地がいいですから」

「いや、ここでいい。食ったらすぐ帰る」

清史郎はぶすっとした面持ちで答える。だが怒っている訳ではなく、いつもこのような態度なのだ。

銀二は齢四十八の清史郎と七つしか違わない。その銀二に対して、清史郎が複雑な思いを抱くのは当然だろう。無愛想にされても仕方がないと銀二も分かっているようで、清史郎の突《つ》っ慳貪《けんどん》な態度にも苦笑いでやり過ごし、お咲の分まで気を遣っていた。

ぎこちない二人を眺め、お咲はまたも溜息をつく。すると階段を駆け下りる音が聞こえてきて、お咲が呼び止める間もなく、お玉が飛び出していった。

「やっぱり来ていたのね！　お祖父ちゃん、いらっしゃいませ」

お玉はどういう訳か、清史郎が訪れると、気配で分かるようだ。小鳥のように跳ねてきたお玉を見て、清史郎の頰が緩んだ。

「お玉、まだ起きてるのかい」

「そうよ。絵草紙を読んでいたの。お祖父ちゃんからもらったお年玉で買ったのよ」

「そうか。ますます賢くなるな」

清史郎に頭を撫でられ、お玉は目を細める。

「私、お祖父ちゃんに似たのかしら」

「うむ。そうかもしれないな。今度、絵草紙を買ってきてあげよう」

「うわあ、嬉しい！　お祖父ちゃん、ありがとう」

お玉は無邪気に清史郎に抱きつく。耳を欹てながら、お咲は目を丸くした。

――さっきは、お父つぁんとおっ母さんの両方に似ているって言っていたのに。

お玉が清史郎のことを大好きなのは間違いないが、今ここで懐《なつ》いておけばいいことがあると察しているのかもしれない。我が娘ながら抜け目がないと、お咲は息をつく。

目を移すと銀二は、唇を尖《とが》らせていた。

「お玉が賢いのはお祖父ちゃんに似ているから、ってことは、だ。俺は別に賢くないみたいじゃねえか」

「あ、ごめんなさい」

お玉が両手で口を塞ぐと、小上がりの隅の若い男女が笑い声を上げた。

「銀二さん、いいじゃねえか！　お玉ちゃん、素直なんだよ」

「そうね。本当に賢いわ」

遠慮なく言われ、銀二は眉を八の字にするも、空気は和んだ。

清史郎と銀二の仲を取り持つように、お玉は二人の間に腰かける。

その様子を見ながら、お咲も頰を少し緩めた。

――お父つぁんは、お玉の顔も見たくて、ここを訪れるのよね。

清史郎は決して口に出さないが、娘が作る料理を味わいたくて通っているのだろうということを、お咲は薄《うっす》ら気づいている。

気づいているからこそ、照れてしまって、いっそう素直になれなくなっているのだ。

お咲が料理を運ぶと、清史郎は「うむ」と小声で呟《つぶや》き、受け取った。鰆と七草、餅が入った小鍋を見て、清史郎は目尻を下げる。

お玉が声を弾ませた。

「今日のお鍋、とっても美味しいわよ。七草を食べると、一年の間、病に罹《かか》らずに元気でいられるんですって。お祖父ちゃん、これを食べて元気でいてね」

清史郎は優しい目で孫を見た。

「ありがとよ。お玉のためにも元気でいなくちゃな。お玉と遊べなくなっちまう」

「そうよ！　お祖父ちゃん、また蹴鞠《けまり》をしましょうね」

「おお、楽しみだ」

清史郎は笑みを浮かべつつ、食べ始めた。匙《さじ》で汁を掬《すく》って飲み、目を細める。七草を頬張り、鰆を食《は》み、また汁を啜る。黙々と味わう清史郎を、銀二とお玉は微笑みながら見ていた。

お咲は父親に声をかけそびれ、銀二とお玉に任せて、板場へと戻った。

清史郎は速やかに食べ、店を仕舞う間際に、床几から腰を上げた。銀二に呼ばれ、お咲は出ていった。

「毎度ありがとうございます」

決まり切ったことを言うと、清史郎はお咲と目を合わせようともせずに、返した。

「ご馳走《ちそう》さん」

すると、若い男女がまたからかった。

「清史郎さん、素直じゃねえなあ。美味しかった、ぐらい、言ったら？」

「そうよ。いかにも美味しそうに食べていたじゃない。厳《いか》めしい顔をほころばせちゃってさ」

お咲と清史郎の目が合う。清史郎の頬にさっと赤みが差したように見えたが、すぐに仏頂面に戻り、咳払《せきばら》いを響かせた。

そして振り返り、孫に声をかけた。

「お玉、またな」

「お祖父ちゃん、お待ちしています」

お玉は恭《うやうや》しく一礼し、銀二と一緒に清史郎を見送った。

その後で若い男女たちも帰ると、お咲は店を仕舞った。


それから二階の部屋で、三人で夕餉を取った。大抵、店で出したもののあまりで、昼餉と同じもののことが多い。無病息災を祈りつつ、七草の入った鍋を味わった。

二階には二部屋あるが、もう一つは殆ど使っておらず、親子で一つの部屋で寝起きしている。

お玉が眠ってから、銀二は酒を呑む。寒い夜、炬燵《こたつ》にあたりながら、お咲は銀二に酌をした。

銀二はゆっくりと酒を味わい、ぽつりと言った。

「もう少し、愛想よくできねえもんかな。実のお父っぁんだろ」

お咲は目を伏せ、苦い笑みを浮かべた。

「もうずっと、あんな感じだから。今更、すり寄っていくことなんて、できないわ」

「ほかのお客さんたちには、朗らかに受け答えしているじゃねえか」

「お客さんたちと、お父っぁんは、別だもの」

「でも、お父っぁんだって、いつも金を払ってくれるだろ。お客さんに違いねえよ。だから同じような態度を取るべきだと言っているんだ」

「それはそうだけれど……」

銀二の言うことは尤《もっと》もで、お咲は言葉に詰まってしまう。

置行灯の明かりは消し、小さな有明行灯を灯している。有明行灯は、枕元に置くものだ。仄かな明かりの中、銀二は、寝息を立てているお玉を見つめた。

「子供ってのは、無邪気でいいもんだな」

お咲もお玉に目をやった。

「私も、あの子ぐらいの時は、毎日幸せだったわ。お父っぁんのことも、おっ母さんのことも、大好きだった」

話しながら、顔が曇《くも》り始めるのが、自分でも分かる。銀二がお咲に目を移した。

「お玉には、俺たち両方を、ずっと好きでいてほしいな」

「……そうね。そうであるよう、努めたい」

静けさが訪れる。銀二に酒を注《つ》ぐと、お咲も注ぎ返され、二人で盃を傾け合った。

「そろそろ、お父つぁんのこと、許してやれよ」

お咲は黙ったままだ。銀二は低い声を響かせた。

「おっ母さんが家を出ていったのは、お父つぁんのせいだと、決まった訳ではないのだろう。ほかにも何か理由があったのかもしれない」

お咲は首を横に振った。

「ううん。やっぱりお父つぁんが原因だったのよ。だって、いくら考えたって、ほかに理由は見当たらなかったもの」

「誰かと一緒に逃げたってことはないか」

「男の人と？　ある訳ないわ。おっ母さんには男の影などなかったもの。それは誓って言える。いつも家にいて、私の面倒を見てくれていたもの」

「でも、実家にも帰った様子はなかったんだろう」

「……ええ。いずれにせよ、無事でいることを祈るわ」

お咲は唇をそっと嚙み締める。母親が急にいなくなってしまった時の、背筋が凍るような心細さを、不意に思い出したのだ。

銀二は大きな手を、お咲の肩に乗せた。

「きっと、どこかで元気に暮らしているよ。……悪かった。別に、お前のおっ母さんにも非があると言いたい訳ではない。ただ、はっきりした理由も分からずに、お父つぁんだけを責めるのは、気の毒なんじゃないかと思ってな」

お咲は項垂《うなだ》れたまま、答えた。

「そうね。私だって、分かっているわ」

銀二は微笑んだ。

「分かっているのに、素直になれず気まずいまま、ってことか」

お咲は黙って、酒に口をつける。銀二はお玉に再び目をやり、ぽつりと言った。

「そういう不器用なところ、お前とお父つぁん、似てるよなあ。そっくりだ」

「……そうかしら」

父親と似ていると言われ、お咲は頰を膨らませる。銀二は静かに笑った。

お玉が、ううん、という声を上げて、寝返りを打った。だが、ぐっすりと眠っているようで、目を開けることはなかった。

五

翌日、朝餉を食べ終えて片付けていると、店の格子戸が叩かれ、大きな声が響いた。

「おはようございやす、魚八《うおはち》です！」

お咲は板場から急いで出て、心張り棒を外し、戸を開けた。

「八《は》っつぁん、いつもありがと！」

お咲は笑顔で、快活な声を上げる。魚屋〈魚八〉の八兵衛《はちべえ》が、魚を届けてくれたのだ。八兵衛も四角い顔に笑みを浮かべている。

「毎度！　いい鰤《ぶり》が手に入りやしたぜ」

「それはよかった。ちょいと見せて」

「失礼しやす」

お咲に急《せ》かされ、八っつぁんは鰤を積んだ桶《おけ》を持って、店の中に入る。

それを土間に置いてもらうと、お咲は二階に向かって叫んだ。

「お前さん、八っつぁんが持ってきてくれたわよ！」

襖《ふすま》が開かれる音がして、銀二が駆け下りてきた。洗い物を手伝っていたお玉も、板場から出てくる。手習い所の冬休みは一月《ひとつき》ほどあり、始まるのは十六日なので、それまではお玉は家の手伝いに励んでいた。

「よう、ご苦労さん」

銀二が現れると、八っつぁんは些か緊張した面持ちになった。鋭い目利きの銀二が、怖いのだろう。

「鰤を持ってきやした。これは旨いと思いやすが」

銀二はぶすっとした顔で土間に下り、身を屈《かが》めて、桶を覗《のぞ》き込む。後ろで、お玉も首を伸ばしている。銀二は小さな呻《うめ》きを漏らしつつ、食い入るように鰤を眺め、その一匹にそっと優しく触れ、顔を顰《しか》めた。

「鮮度は、まあ悪くねえが、身が締まってねえな」

魚は身が締まっている、つまりは筋肉があるほうが、鮮度の持ちがよくて旨味が強い。鋭く見抜かれ、八っつぁんはびくっとしたように肩を竦めた。

「それじゃ……仕入れてもらえやせんかね」

銀二は鰤を裏返しながら、再び食い入るように見る。お咲が口を出した。

「でも痩せてはいないわ。脂が乗ってないってことはないんじゃない」

「水を含んでしまったのかしら。それで、お父つぁんが言うように、締まりがなくなったのかも」

幼いながら、お玉も考えを述べる。娘を眺めつつ、銀二は腕を組んだ。眉間に皺を寄せる銀二を、八つつぁんは、はらはらした様子で窺《うかが》っている。こんなもの仕入れられねえと、銀二に断られることも、ままあるからだ。

銀二は仏頂面のまま暫《しば》し考え、口を開いた。

「まあ、いいだろう」

八つつぁんは目を見開き、声を裏返した。

「ありがとうございやす！」

「こちらこそ、ありがと。鰤の小鍋は、お客さんに喜ばれるのよ」

お咲は八つつぁんの肩を叩く。やはり緊張していたのだろう、その肩は、かなり張っていた。

八っつぁんが帰ると、お咲はお玉に手伝ってもらって、鰤を取り分けた。今日は一度に作らず、夕餉に使う分はしっかりと塩漬けにして、桶に並べ、冷たく暗い裏の土間へと置いておく。

昼餉に使う分は早速、捌き始める。お咲はお玉にまだ包丁を握らせることはないが、お玉は母親の手捌きを、興味深そうに目をくりくりとさせて見ていた。

鱗《うろこ》を落とし、エラ蓋をこじ開けて腹を裂き、臓物を取り出す。頭を落として、三枚におろし、無駄な骨を取り除いていく。

「身が鮮やかに赤いわ。美味しいお鍋ができそうね」

目を輝かせるお玉に、お咲は微笑んだ。

「期待していて。洗うのは手伝ってね」

「はい」

いったん水でさっと清め、適度な大きさに切り、熱を加えておく。鰤が煮込まれる匂いが板場に漂い、お玉が目を細めた。

四つ（午前十時）に店を開けると、ぞろぞろとお客たちが入ってきた。近所に住んでいる、ご隠居の徳治とお江の夫婦も、今日も訪れた。

小上がりに腰を下ろすと、徳治は早速訊ねた。

「品書きは何かな」

「この匂いは、鰤のような気がするけれど」

鼻を動かしながら、お江が首を傾げる。お咲はにっこりと笑った。

「さすがお江さん、当たりです！　本日は、鰤と旬野菜の小鍋と、湯豆腐のどちらかをお選びいただけます」

鰤を夕餉にも使うとなると少し足りないような気がしたので、湯豆腐と二通りの品書きにしたのだ。ちなみに湯豆腐のほうが幾分安い。昼餉の場合、小鍋とご飯とお新香でだいたい五十文（およそ七百五十円）だが、湯豆腐だと四十文（およそ六百円）である。

徳治は眉を少し掻いて、答えた。

「ならば鰤鍋のほうをもらおうか」

「私も。湯豆腐にも惹かれるけれど、やっぱり鰤を味わってみたいわ」

「鰤鍋にはお豆腐も入っているので、お楽しみいただけると思います」

「まあ、それは嬉しいこと」

お江は目を細める。お咲は一礼して、板場へと向かった。


お咲が小鍋を出すと、徳治とお江は相好を崩した。

味噌仕立ての小鍋には、鰤のほか、葱《ねぎ》、芹、牛蒡《ごぼう》、豆腐、油揚げが入っている。鰹《かつお》節《ぶし》と昆布の合わせ出汁《だし》で作っているので、それに鰤の旨味が溶け出ると、江戸っ子好みのコクのある味わいになる。

「お好みで、どうぞ」

お咲は、千切りにした柚子《ゆず》の皮と七味唐辛子の薬味も添えていた。

徳治とお江は椀によそい、ふぅふぅと息を吹きかけながら味わって、満面に笑みを浮かべた。

「いやあ、躰が温まる。鰤には味噌仕立てがよく合う」

「本当に。柚子の皮を添えると爽やかな味わいになって、いっそういいわ」

「それでいて、コクも引き立つんだよな」

音を立てて汁を啜る夫婦を眺め、お咲の顔もほころぶ。

「ごゆっくり、どうぞ」

再び礼をし、板場へと戻った。


昼餉の刻が終わり、九つ半に店をいったん仕舞うと、お咲は急いで湯豆腐を作り、銀二とお玉と一緒に食べた。

「ああ、美味しい。おっ母さんの作る湯豆腐は、私が一番好きなお料理よ」

薬味に紅葉《もみじ》おろしを添えたので、お玉はいっそう嬉々とする。銀二は娘を眺めた。

「湯豆腐が好物だなんて、お玉、お前は歳の割に渋い趣味だな」

お咲は笑った。

「いいじゃないの。五つにして湯豆腐のよさが分かるなんて、冴《さ》えた味覚だわ。さすがは私の娘ね」

「うむ。俺の娘でもある」

お玉は両親を交互に見て、にっこりとした。

「湯豆腐って、家族みたいだから好きなの」

「え、家族？」

お咲が訊き返すと、お玉は頷いた。

「目立つお料理ではないけれど、優しい味で、何て言うか、大切にしたいお料理だからかな」

お咲は銀二と目と目を見交わす。

「なるほど。湯豆腐はありふれた料理だが、滋養があるからな。出汁も丁寧に取らなければならない。煮る温度や時間にも気をつけなければならない。いわば料理の基本で、大切なものがたくさん含まれている」

「そうね。お玉の言うとおりかも」

両親に見つめられ、お玉は照れくさそうに豆腐を頬張った。

昼餉を食べ終えた頃、時蔵がお咲を迎えにきた。これから、例の猫の件で、お留のところへ話をつけにいくのだ。

「なるべく早く戻ってくるから、お留守番していてね」

お咲が銀二たちに告げると、お玉が答えた。

「猫のこと心配だから、よろしくお願いします。夜の分のお野菜、洗っておくわね」

「助かるわ。猫については任せておいて」

お咲はお玉の頭を撫でる。時蔵は銀二に頭を下げた。

「お咲さんを少しお借りします。すぐにお返ししますので」

銀二は厳めしい面持ちで、腕を組んだ。

「うむ。すぐでなくてもいいから、無事に返してくれ。……お咲、しっかりな」

「はいよ、お前さん」

お咲は紺色の半纏《はんてん》を羽織りながら、微笑む。時蔵は再び、銀二に一礼した。


曇り空の下、お咲は白い息を吐きながら、時蔵と一緒に向かった。掘割に架かる親父《おやじ》橋を渡れば、お留が住む六軒町はすぐだ。その道すがら、お咲は時蔵から、お留は洗濯物を引き受けて活計《たつき》を立てていると聞いた。独り身の男が多い江戸では、洗濯を代行する仕事も成り立っていた。

「ここです」

六軒町の長屋の木戸は開いていた。中庭に立っている梅の木は、蕾《つぼみ》をいくつもつけている。井戸の傍らで熱心に洗濯をしている女が目に入り、お咲は小声で時蔵に訊ねた。

「あの人がお留さん？」

時蔵は頷き、お留に声をかけた。

「仕事しているところ、すみません。もう一度、話をさせてもらえませんか」

お留は手を止め、怪訝《けげん》な面持ちで時蔵を見る。齢五十五、六だろうか。細身で皺もそれなりにあるが、小綺麗にしており、芯が強そうな女だ。

お留は手を振って水を払いながら、立ち上がった。


渋々といったように、お留は二人を家に上げた。丁寧に片付けられているので、広く見える。お咲はぐるりと見回し、目を瞠《みは》った。

部屋の片隅に、猫のムギがいたからだ。ムギは呑気《のんき》に欠伸《あくび》などしながら、後ろ足で首のあたりを掻いている。

――なんだか、ずいぶん寛《くつろ》いでいるわね。前より元気なようにも見えるし。

ムギの様子を窺いながら、お咲は首を傾げる。お留はムギを虐《しいた》げたりはしていないようで、その点は安堵《あんど》した。

「ムギ、元気そうだな」

時蔵は上がり框《がまち》を踏むと、ムギに駆け寄ろうとした。するとお留がすかさずムギを抱き上げ、時蔵を屹度睨《きっとにら》んだ。

「ここは私の家です。行儀よくできないのなら、帰ってもらいます」

「……すみません」

項垂れる時蔵に、お留は厳しい口調で言った。

「座ってください」

時蔵は、はいと答え、おとなしく腰を下ろす。お咲もそれに倣《なら》うも、お留は眉根を寄せた。

「ところで、この人は？」

肩を竦めつつ、時蔵が答えた。

「ご紹介が遅れました。元公事師のお咲さんです。この度、間に入っていただこうと思いまして」

元公事師と聞いたからだろうか、お留の面持ちがさらに険《けわ》しくなる。お咲は付け足した。

「今は小鍋屋の女将をしています」

「ならば、わざわざ揉め事に首を突っ込まなくてもいいのではありませんか」

お留の口調は厳しく、お咲は背筋を伸ばす。

――思ったより、手強そうだわ。

心の中で呟きつつ、やんわりと言い返した。

「出しゃばった真似をしてしまい、申し訳ありません。ですが、うちの常連でいらっしゃる時蔵さんからご相談を受け、黙って見ていられなくなったのです。大切なお客様のお悩み事を、どうか解決して差し上げたいと。それで厚かましくも、私も同伴させていただきました」

お咲はお留の目を見て毅然《きぜん》と言い、深々と頭を下げた。

お留はムギを抱いたまま暫しお咲を見据えていたが、ゆっくりと腰を下ろし、声を響かせた。

「それで、どのようなお話があるのでしょう。この猫のことならば、前に申し上げたとおりですが。お返しする気はございません」

お咲は、隣の時蔵をちらと見る。時蔵は身を乗り出した。

「お留さん、お願いです。そこを何とか、考え直していただけませんか」

「お断りします。猫だって、私に懐いてくれています」

お咲はムギに目を移した。お留の膝の上で、背中を撫でられて目を細めている。真に寛いでいるその様子を見ても、ムギにとってここは居心地が悪い訳ではなさそうだ。

――お千香ちゃんに連れられてうちに遊びにきていた時より、和んでいるみたい。

お咲の胸に、複雑な思いが込み上げる。しかし時蔵はムギの様子など目に入らぬようで、一方的な懇願を繰り返した。

「五両持って参りました。それでどうか手を打っていただけませんか。こう言っては何ですが、猫などどこにもいます。ムギを手前どもにお返しくださって、もっと愛らしい猫を見つけられては如何《いかが》でしょう。何ならば、私どもが、お留さんがお気に召すような猫を見つけて参ります」

しかしお留は鰾膠《にべ》もなかった。

「いくら積まれようが、この子を返す気はありません。ねえ、クルミ」

どうやらムギは、ここではクルミと名づけられて飼われているようだ。お腹《なか》のあたりの毛並みは、胡桃の色にも似ているからだろう。

——やはり、お金の問題ではないみたいね。

お咲は溜息をつく。猫に目をやりつつ、訊いてみた。

「そっくりな猫を探してきても駄目ですか。取り替えてもらえませんか」

お留はお咲を真っすぐに見た。

「私はこの猫がいいのです。見た目だけではありません。仕草や声が堪《たま》らなく心地よくて。そこまでよく似た猫なんて、いるんでしょうかね。それに、そっくりってことは、すなわち紛《まが》い物。本家の可愛さには勝てませんよ」

凛と言われて、お咲はなにやら耳が痛くなる。お留の膝の上でムギが甘えたような啼《な》き声を上げ、彼女のお腹に頬を擦りつける。お留は厳しい面持ちを和らげ、猫を優しく撫でた。

押し黙ってしまったお咲と時蔵に向かって、お留は言った。

「この子のほうから、私の家に入り込んできたんですよ。こう言っては何ですが、猫に逃げられるような飼い方をしていたのではないですか」

お咲は顔を上げ、目を瞬かせた。時蔵も、はっとしたようだった。猫は確かに、お留に懐いている。

――もしや時蔵さんのご一家は、ムギを可愛がるあまりに、構い過ぎていたのでは。猫は気まぐれな性分を持つ生き物だ。あまりに構うと、逆に機嫌を損ねてしまうこともあるのではないだろうか。

お咲は考えを巡らせるも、時蔵は猫を取り戻すことを諦《あきら》めたかのように、しょんぼりしてしまった。お留の態度が、あまりに頑なだからだろう。

項垂れている時蔵の傍らで、お咲は口を開いた。

「お留さんが仰《おっしゃ》ることも分かります。ならば仕方がありません。諦めるしかないのでしょうが、一つだけ申し上げておきたいことがあります」

お留は猫を撫でながら、お咲を見た。

「はい。どういったことでしょう」

「その猫は、時蔵さんのお孫さんが甚《いた》く可愛がっていたのです。お千香ちゃんという五つのお嬢さんで、私の娘と仲がよいのです。それで私はいっそう気懸かりで、この相談事を引き受けました。お千香ちゃん、その猫を連れて、うちに遊びにきたことも何度かありましたので」

お留は微かに眉を動かしたが、何も言葉を発しない。お咲は続けた。

「五つといえば、しっかりしているように見えても、まだまだ幼いものです。大好きな猫がいなくなったことは、お千香ちゃんにとって大きな悲しみになりました。猫に帰ってきてほしくて、毎日泣いているといいます」

お留はまたも眉を動かしたが、厳しい面持ちのまま黙っている。

お咲はお留と暫し眼差しをぶつけ合った。猫が啼き声を上げた。今度は甘えたようではなく、どこか心細げな響きだった。

お留は何も答えず、ただ猫を撫でている。お咲と時蔵は一礼し、立ち上がった。


お留の家を出ると、時蔵はお咲に詫《わ》びた。

「忙しいところお願いしてしまって、悪かったね。……取り付く島もないようだ」

「いえ、こちらこそお役に立てず、申し訳なかったです」

お咲も恐縮の体《てい》で、詫びを返す。揃って肩を落としつつ長屋を出ようとしているところへ、住人であるおかみさんが声をかけてきた。

「こんにちは。貴方《あなた》たち、お留さんのお知り合い？」

家から出てきたところを見られていたようだ。時蔵が答えた。

「知り合いというほどではありませんが、ちょっとお願いしたいことがあって訪ねたのです」

おかみさんはお留の家のほうを振り向き、声を潜めた。

「そうなんだ。あの人のところへお客さんが来るなんて珍しいと思って、声をかけてしまったんだ。ごめんね」

首を横に振りながら、お咲が訊ねた。

「お留さんは、お一人でいることが多いんですか」

「そうだね。確か、三年前にご亭主を亡くした後、この長屋に移ってきたんだ。仕事熱心だけれど、人付き合いはよいほうではないね」

「お子さんはいらっしゃらないんでしょうか」

時蔵が問うと、おかみさんは首を傾げた。

「いるようなことは言っていたけれど、まったく訪ねてこないね。まあ、所帯を持っていれば、離れて暮らしているおっ母さんのことが疎《おろそ》かになっちまうってのは、分かるような気はするけどさ」

すると、おっ母さん、という声が響いて、おかみさんは振り返った。

「ごめんね。うちの子が呼んでるから」

言い残し、おかみさんは慌てて駆けていく。梅の蕾が、冷たい風に揺れていた。

六

お咲は急いで戻り、仕込みを始め、夕餉の刻も恙《つつが》なく終えることができた。店を仕舞って、小上がりに腰を下ろして一息つく。お玉が二階から下りてきて、お茶を淹《い》れてくれた。

「おっ母さん、今日もご苦労様でした。疲れたでしょう」

お咲は自分とそっくりのお玉を見つめて、微笑んだ。

「お玉が野菜をよく洗ってくれていたから、本当に助かったわ。切って煮るだけで済んだもの。お玉のおかげよ」

「早く私も、包丁が使えるようになりたいわ。そうしたら、おっ母さんのお手伝いがもっとできるもの」

掃除をする手を休め、銀二が言った。

「お玉、慌てなくていいぞ。その気持ちだけで、おっ母さんは嬉しいはずだ」

お咲はお玉の頭を撫でた。

「そのとおりよ。でも、お玉は包丁を持ちたくて仕方がないのよね」

「そうよ。私、もう五つですもの。手習い所の女の子たちの中には、四つで包丁を握っていた子もいるわ」

お咲は銀二と目と目を見合わせ、息をついた。

「大したものね。私がおっ母さんから初めて包丁を持つことを許されたのが六つの時だったの。だからお玉も六つになったら、包丁を使ってもいいと思っていたのだけれど……一つ歳を早めてもいいかもしれないわね。ねえ、お前さん、どう思う？」

お咲に意見を求められ、銀二は箒《ほうき》を置いて、腕を組んだ。

「お前か俺が傍で見ていてやれば、今から包丁を使ってもいいんじゃねえか。皮剝きはまだ難しいだろうが、野菜の半月《はんげつ》切《ぎ》りや銀杏《いちょう》切《ぎ》りなんかはできるようになるんじゃねえかな。お玉は覚えが早いから」

お玉が声を弾ませた。

「してみたい！　おっ母さんが切っているのを見て、憧れていたの」

「まあ、憧れていただなんて。だから熱心に見ていたのね」

「技は目で見て盗めって言うでしょ」

銀二が呆《あき》れたような声を出した。

「おい、お玉。学んでいた、じゃなくて、盗んでいたのか」

「ええ。でも、この場合は泥棒にはならないでしょ」

澄《す》ました顔で言うお玉に、お咲も銀二も二の句が継げず、苦笑するばかりだ。

「お玉、あんたって可愛い顔して、本当に減らず口ね」

「減らず口なのは、元公事師のおっ母さんに似たのよ。時には相手を言い包《くる》めることもあったんでしょう？」

お玉は公事師の仕事にも薄《うっす》ら興味があるようで、無邪気に問いかけてくる。ムギの一件を思い出してお咲がふと顔を曇らせると、お玉が覗き込んだ。

「どうしたの？」

「うん。ちょっとね。……なんだかお腹が空いちゃった。ご飯食べながら話しましょうか」

「賛成！　おっ母さん、休んでいて。私が支度するわ」

お咲は笑みを浮かべて立ち上がった。

「大丈夫。お玉の顔を見ていたら、だいぶ元気になったわ。一緒に支度しましょう」

「はい、おっ母さん」

お玉の背中に手を当てて、お咲は板場へと向かう。銀二が声をかけた。

「お玉、おっ母さんをしっかり手伝ってやれよ」

お玉は笑顔で振り返り、小さな拳を掲げた。


鰤は切り身が二つしか残っていなかったので、野菜と豆腐を増やして、三人で鍋を突いた。凍てつく夜も、鍋を囲めば、躰も心も温まる。

お玉はほくほく顔で、紅葉おろしをかけた豆腐を味わう。紅葉おろしは、大根と唐辛子を一緒に擂《す》りおろしたものだが、お玉はこのぴりりと辛《から》い味を好んでいた。

「真っ白なお豆腐に紅葉おろしをかけると、見た目も綺麗でしょ。お料理は見た目も大切よね」

訳知り顔で言うお玉を、お咲と銀二は目を細めて見る。

鰤の切り身の一つは銀二が、もう一つはお咲とお玉で分け合って食べた。

「それで猫の件はどうなったんだ。金で方《かた》が付いたのか」

銀二に訊かれ、お咲は食べる手を止めた。帰ってきてから慌ただしくて、そのことについてまだ話していなかった。お玉も箸を休め、お咲を見つめる。二人とも気になっていたのだろう。

お咲は溜息をつき、首を横に振った。

「いくらお願いしても、駄目だったわ。返す気がないと、はっきり言われたの」

今日のお留との遣り取りを詳しく話すと、銀二とお玉は顔を見合わせ、ともに眉根を寄せた。

「じゃあ、ムギは取り戻せそうにないのね」

お玉が肩を落とす。お咲は小さく頷いた。

「今のところ、ちょっと難しいわね。お留さんの気が変わってくれればいいのだけれど」

銀二は酒に口をつけた。

「強情な人だな」

「そうね。孤独で、心を閉ざしてしまっているのかもしれないわ」

「その孤独を、猫が慰《なぐさ》めてくれているのだろうな」

「私もそう思うの。だからこそ、どうしても返してほしいとは、食い下がれなかったのよ」

お咲は話しながら、ふと父親の清史郎のことを思い浮かべた。清史郎も頑固者だが、人に対する思いやりは残っている。清史郎がお留の立場ならば、金も受け取らずに、猫をあっさり返すだろう。

――お父つぁんは手習い所を開いていて、子供たちとの触れ合いがあるから、まったく孤独という訳ではないものね。お留さんも仕事をしているようだけれど、人との触れ合いが足りないのでしょう。

考えを巡らせるお咲の傍らで、お玉はしゅんとしてしまっていた。

「お千香ちゃん、可哀《かわい》そうだわ。どうしているかしら」

手習い所が休みなので、今年になってからまだ会っていないのだ。

お咲が意見した。

「明日、お千香ちゃんを訪ねてみたら？」

「そうする」

「おっ母さんにおかきでも作ってもらって、それを手土産に持っていったらいい」

「お千香ちゃん、おかきが好きだから、きっと喜ぶわ。励ましてあげられるかも」

お玉の面持ちが少し明るくなる。

「美味しいおかきを作るわね」

お咲はお玉に約束した。

七

次の日、昼餉の仕込みをしながら、お咲は手際よくおかきを作った。干した角餅を小さく切って、揚げていく。その様子をお玉は目を輝かせて見ていた。

味付けはお玉にも手伝ってもらい、醤油味と塩味とざらめの、三種を拵《こしら》えた。少し冷ましてから紙で包み、お玉に渡した。

「お千香ちゃんによろしくね」

「おっ母さん、ありがとう」

作り立てのおかきを胸に抱き、お玉は笑みを浮かべる。板場の入口に立って様子を見ていた銀二が、声をかけた。

「あまり長居せずに帰ってこいよ」

「分かっているわ。お千香ちゃんと少しお話しできればいいのだもの。お昼になる前に帰るわね」

「そうね。昼餉は家で食べなさい。今日はお玉が好きな牡蠣とお豆腐の鍋だもの」

「楽しみ！　お豆腐いっぱい入れてね」

お玉は笑顔を弾けさせる。お咲はお玉に半纏を羽織らせた。黄八丈《きはちじょう》の小袖に赤い半纏の装いは、小鳥のようなお玉によく似合っている。

「いってきます」

風は冷たいが、晴天が広がっている。お玉は両親に手を振り、元気よく通りを歩いていった。

お玉が出かけると、お咲は銀二とお茶を飲んで一息ついた。

「あの子、しっかりし過ぎているところがあるのよね。〈滝の湯〉のおかみさんに言われちゃったわ。お玉ちゃんって賢いけれど、少々早熟《ませ》ているわね、って」

滝の湯とは、この通りにある湯屋で、お咲たちも利用している。手習い所に通い始める歳を考えてみても、たいていの子供は六つか七つだが、お玉は四つだった。お玉自身が希《のぞ》んだことで、皆と一緒に学んだり遊んだりするのが楽しいようだが、そういう面も早熟ていると言えなくはないだろう。

銀二は苦笑した。

「早熟ている、か。そういうところは、母親譲りだな」

「あら、私は小さい頃、別に早熟てはいなかったわよ」

「お前の小さい頃は知らないが、俺と知り合った頃はそうだったじゃないか。十七も年上の男のところへ、押しかけ女房したりして。早熟た娘だと思ったぜ」

お咲は唇を尖らせて、銀二を見た。熱いお茶を啜る銀二の目尻には、皺が刻まれている。笑うとその皺が下がって、目元が柔和になるところが、お咲は出会った頃から好きだった。

「お前さんには、十八、九の頃の私は、早熟た娘に見えていたのね」

「そうだ。その早熟た娘に振り回されて、今に至るって訳だ」

「振り回されて悪い気はしなかったでしょ」

「莫迦《ばか》言え。引き摺《ず》られちまっただけだ」

銀二は眉間に皺を寄せるも、照れていることが分かる。お咲は笑みを浮かべて、大きく伸びをした。

「すくすく育ったから、力尽くでお前さんを振り回すことができたのよ」

銀二は腕を組み、お咲を眺めた。

「頼もしく見えたのは、確かだ」

「お前さんだって頼もしかったわよ。お前さん、私のこと、背が高くて恰好いいって言ってくれたじゃない。あの言葉が嬉しくてね」

「うむ。別に世辞ではなく、本当にそう思ったから言ったまでだ」

「それが嬉しかったのよ！　私、小さい頃から大柄で、男の子たちからそのことをよくからかわれていたんだもの。自分にとって引け目のところを、恰好いいなんて言ってくれたのは、お前さんが初めてだった。そんな心の大きい男を逃す手はないと、必死だったのよ」

銀二はお咲を見つめ、笑みを浮かべた。

「お前が必死になってくれたおかげで、お玉も生まれて、こうして楽しく過ごせてるんだな。ありがとよ」

「やだ……なんだか照れちゃうじゃない」

お咲は頬を仄かに染め、うつむく。だが、急に姿勢を正した。

「そろそろお店を開けなくちゃ。牡蠣と春菊《しゅんぎく》、よい素材が手に入って、やる気になるわ」

銀二は眉根を寄せた。

「牡蠣は確かにいいものだったが、春菊はまあまあってとこだな。香りが弱かったし、葉先が少し黄色くなっているものもあった。本当は断ってもよかったんだが。目を瞑《つむ》った」

春菊のような葉物は、鮮やかな緑色で香りが強いものがよい。お咲は苦笑した。

「お前さんが口煩く看破《かんぱ》するから、八っつぁんも源《げん》さんも、いつもびくびくしているじゃない。二人とも懸命に持ってきてくれるんだから、少しは手加減してあげなさいよ」

源さんとは、野菜をよろづに卸《おろ》している八百屋〈八百源〉の主人の源太《げんた》である。魚屋の八っつぁんと同じく、目利きの銀二に鮮度を看破されては落ち込むも、いつも熱心に野菜を届けてくれる。

銀二は鼻白《はなじろ》んだ。

「仕事を懸命にするのは、誰だって同じだ。野菜や魚は料理の要《かなめ》なのだから、よいものを届けてもらわねば困る」

「まあ、言い方ってことよ。お前さん、ぶすっとした顔で、怒ったように言うんですもの。あれじゃ二人とも尻込みしてしまうわよ」

「俺のこの強《こわ》い顔がよくないってことか」

「びびってしまう人もいるでしょうね。……まあ、私はその強面に惚れたんだけれど」

お咲は澄ました顔で言って、腰を上げる。銀二は唇の端を、指でそっと掻いた。

四つに店を開くと、お客はたちまち入ってきた。

「磯の匂いにつられてねえ」

「外にまで広がっているんだから、堪らねえよ」

初めて訪れたお客たちに、お咲は笑顔でお茶を出した。

「つられてくださって、ありがとうございます。牡蠣の雪鍋《ゆきなべ》でよろしいですか」

「雪鍋とは乙《おつ》な響きだね。いわゆる、みぞれ鍋か」

「はい。大根おろしを加えますので、濃厚な牡蠣をさっぱり召し上がっていただけます」

「いいねえ。飯もつくんだろう」

「はい、もちろん。お新香もおつけします」

「それでお願いする」

「この店、ずっと入ってみたいと思っていたんだよ」

「ご来店、ありがとうございます！　少しお待ちくださいね」

お咲は一礼し、板場へと走った。


お玉は正午前に戻ってきて、二階でおとなしくしていた。九つ半に店をいったん仕舞うと、家族で牡蠣鍋を突いた。

この鍋には出汁は使わず、酒と醤油のみで味をつける。牡蠣と豆腐と春菊を煮て、大根おろしを加えてもう少々煮れば出来上がりだ。

お玉は舌鼓《したづつみ》を打ちつつも、どこか浮かない顔である。お咲は訊ねてみた。

「お千香ちゃん、元気だった？」

お玉は息をつき、お千香の様子をぽつぽつと語った。

「私が行った時、お千香ちゃん、お祖父さんと言い合いをしていたの。お祖父さんは、ムギとそっくりの猫を探してくるから、それで我慢してくれ、って。でもお千香ちゃんは、ムギじゃなければ嫌だって、駄々《だだ》を捏《こ》ねて。ついには泣き出してしまったの」

お咲は銀二と顔を見合わせる。やはりお千香は、二つの頃からいつも傍にいたムギにひとしおの愛着があるのだろう。お玉は、気落ちしたお千香を見るのが、辛《つら》かったようだ。

「……ムギがふらりと戻ってきてくれればいいのだけれど」

「そうだな」

銀二は相槌を打つも、お咲は責任を感じて、黙り込んでしまった。

どうにかムギを取り戻したいと、お咲は仕事の合間に思案を重ねた。

そろそろ小正月《こしょうがつ》の十五日。手習い所の休みも終わりに近づいた頃、時蔵が機嫌のよい顔でよろづを訪れた。

八

時蔵から話を聞いて、お咲は驚いた。なんと、お留から猫を返してもらったという。

「お咲さんがお千香のことを話して、説得してくれたおかげだ。ありがとう」

時蔵に深々と頭を下げられ、お咲は恐縮した。

「私は大したことはしてませんよ！ ……でも、思いがお留さんに通じてよかったです」

お咲の言葉に、時蔵は大きく頷いた。お留は、時蔵からお金を受け取らなかったという。

猫の件を銀二とお玉に伝えると、二人とも安堵し、喜んだ。

「お留さんは、根は悪い人ではなかったみたいだな。孫ぐらいの娘が悲しんでいると聞いて、良心が痛んだのだろう」

「そうね。私が話をつけにいった時は、意地を張っていただけだったのかも」

「お千香ちゃん、元気になるわね。よかった」

家族三人、笑顔で蜜柑《みかん》を頬張る。蜜柑は、時蔵からもらったものだ。どうしてもお礼をしたいというのを断ったら、手代たちが蜜柑を一箱届けにきた。お咲は躊躇ったが、蜜柑は家族皆が好きなので、受け取ることにした。

甘酸っぱい香りが漂う部屋の中、お咲たちは、ムギが帰ってきたことを祝った。


小正月とは、その年最初の満月の日だ。小正月を祝う食べ物は、小豆《あずき》や餅であるが、よろづでは月見小鍋を出す。餅、葱、大根、油揚げを煮て、卵を落とし、柚子の皮を添えたものだ。月見小鍋にはご飯はつかないが、〆《しめ》で饂飩《うどん》を半玉加えることができる。卵が餅にとろりと絡み、醤油を多めにした煮汁が野菜と油揚げにたっぷり染み込み、箸が止まらぬ一品だ。

よろづの月見小鍋は毎年好評を得ていて、時蔵もお千香を連れて食べにきた。お千香はお咲に礼を述べた。

「おかげでムギが帰ってきました。本当にありがとうございました」

お千香はお玉と同い年だが、お玉より躰が大きく、大人びている。時蔵たちが可愛がって育てていることは、愛らしい身なりからも分かった。

お咲は笑顔で答えた。

「よかったわね。ムギを大切にしてあげて」

「はい。前よりももっと、可愛がっています」

お千香も笑みを浮かべた。


その翌日から手習い所が始まり、お玉はまた元気に通い始めた。行くのは五つ（午前八時）前で、帰ってくるのはだいたい九つ半（午後一時）頃だ。

皆の正月気分もすっかり抜け、梅がちらほらと咲き始めた折、ムギがまたいなくなってしまった。昼餉を食べにきた時蔵からその話を聞いて、お咲は目を丸くした。

「お留さんのところにまた戻ったのではないかと思って、見にいったんだ。でも猫はいなかった。お留さんも驚いたみたいで、見つけたら必ず伝えますと約束してくれた。だが……お留さんのところにもいないとなると、いったいどこへ行ったのだろう」

時蔵は頭を抱える。前の時と同じように、手代総出で、ムギを捜しているという。返す言葉が見つからず、お咲も考え込んでしまった。

その夜は、あまった鰆で衣《ころも》かけ（唐揚げ）を作り、家族で食べた。お玉が、大好物の衣かけを頬張っても浮かぬ顔なのは、手習い所でお千香からムギのことを聞いたからだろう。

「ちょっとした隙に、いなくなってしまったみたい。お千香ちゃん、ムギが戻ってきてからは、お家にいる時は手放さず、一緒のお布団で寝ていたんですって。手習い所に行っている時は、おっ母さんや女中さんがお世話していたそうよ」

「じゃあ、その間に姿を消したのかしら」

「そうみたい。それでお千香ちゃん、おっ母さんや女中さんに泣いて怒ったんですって。ちゃんと見ていてくれなかったからだ、って」

「まあ」

お咲は眉根を寄せる。銀二も苦々しい面持ちになった。

「まさに猫可愛がりしていたんだな」

「皆で捜しても、なかなか見つからないみたい。ムギ、帰ってくるかしら」

お玉は微かに目を潤《うる》ませ、銀二を見る。銀二は面持ちを和らげ、娘に微笑んだ。

「猫は気まぐれな生き物だから、そのうち、ふらりと帰ってくるさ。お千香ちゃんたちは大切にしているつもりでも、ムギにとっては少々、息苦しかったのかもな」

「そうね。どこかで息抜きしているんじゃないかしら」

両親の言葉に、お玉は小さく頷いた。

「無事であることを祈っているわ」

ムギの、輝くような色合いの毛並みが思い出され、お咲の胸も複雑だった。

――また誰かに拾われて、飼われているのではないかしら。

そのような考えが浮かんできた。


お咲たちはムギを心配しつつ、お玉を挟んで、川の字になって眠った。冷える夜でも、躰を近づけ合って寝れば、暖かい。

何か物音がして、お咲は目を覚ました。銀二とお玉は気づかず、寝息を立てている。雨戸に目をやると、猫の啼き声が微かに聞こえた。

――ムギだわ。

お咲はどうしてか直感した。布団から出て、忍び足で窓に近づき、なるべく音を立てずに雨戸を開ける。

庇《ひさし》の上に、猫がいた。間違いなくムギだ。暗くても、毛並みで分かる。月明かりに映え、いっそう艶々と輝いて見えた。

お咲は息を呑み、ムギを捕まえるべく、身を乗り出そうとした。しかしムギはすっと身をよけ、お咲をじっと見つめて、もう一度、みゃあと啼いた。

お咲には猫の言葉など分かるはずもないが、なぜだか、ムギが言わんとしていることが読み取れた。

ムギは振り向くように首を動かし、尻尾《しっぽ》を揺らす。

――一緒に、来て。

ムギはお咲にそう話しかけているように思えた。

お咲がムギに頷いたところで、後ろから声が聞こえた。

「おっ母さん、どうしたの」

お玉が起きてしまった。すると銀二も目を覚ました。寝惚《ねぼ》け眼《まなこ》を擦《こす》る二人に、お咲は訳を話した。

「ムギの後をついていってみるわ。なんだか、やけに胸騒ぎがするの」

「私も行く！」

お玉が意気込むも、お咲は諭《さと》した。

「こんな刻限だから、駄目よ。お玉はお父つぁんと留守番していて」

「分かった。くれぐれも気をつけろよ」

お咲は銀二に頷くと、寝間着の上に半纏を羽織って、外に出た。ムギは庇から飛び降り、お咲の前に着地すると、再び啼き声を響かせた。

ムギはお咲を先導するように歩き出す。お咲は提灯《ちょうちん》を手に、後を追いかけた。


木戸は閉まっている刻限だったが、事情を話して通してもらった。嘘も方便で、お咲はこのように言った。

「猫の飼い主は私の姉ですが、急に具合が悪くなったみたいで、猫の首にその旨を記《しる》した文《ふみ》を括《くく》りつけてよこしたのです。手後れにならないうちに、様子を見にいきたく思いまして」

すると木戸番は特に詮索《せんさく》もせずに、通してくれた。

ムギは掘割に架かる親父橋を渡り、真っすぐに進んでいく。

――もしや。

お咲が胸を波立たせていると、ムギが案内した先は、思ったとおりお留が住む長屋だった。しかし長屋の木戸も閉まっていて、開かない。

――これは大声で、誰か呼ぶしかないわね。

お咲がお腹に力を入れて声を上げようとしたところで、ムギが先に、大きな啼き声を響かせた。猫らしからぬ雄叫《おたけ》びに、お咲は思わず目を瞠る。ムギがそれを何度か繰り返すと、大家が出てきた。住人の何人かも、腰高障子から顔を覗かせる。

「いったい何事ですか」

怪訝な面持ちの大家に、お咲は事情を話し、中に入れてもらった。

ムギの後を、大家とともについていくと、お留の家の前に来た。ムギは振り返り、今度は優しく啼いた。

大家が腰高障子を軽く叩き、声をかけた。

「お留さん。夜分にすみません」

だが返事がない。腰高障子に手をかけると、開いた。心張り棒をしていなかったようだ。

「失礼します」

真っ暗な家の中に入り、提灯を掲げて見渡し、お咲は息を呑んだ。畳の上で、お留が倒れていた。

大家と慌てて駆け寄り、顔を覗き込む。お留は苦しそうに息を荒らげ、額《ひたい》には汗が噴き出している。お咲は袂《たもと》から手ぬぐいを取り出して汗を拭い、額に手を当てた。

「高熱を出していらっしゃいます」

「たいへんだ。医者を連れてきましょう」

「お願いします」

大家は飛び出していった。医者を待つ間、お咲はまずは明かりを灯し、お留を襦袢《じゅばん》姿にして、全身の汗を拭った。布団を敷いて寝かせ、水に浸して絞った手ぬぐいで額を冷やす。それだけでもお留は幾分楽になったようで、目を微かに開けて、ありがとうというようにお咲に会釈をした。

お咲は頷き、お留の躰が冷えないように、搔《か》い巻《まき》を首までしっかりかけ、その上から躰を優しくさすり続けた。

医者に診《み》てもらうと、お留はだいぶ落ち着いた。薬を出しながら、医者は言った。

「悪性の風邪の罹り始めだ。早く診ることができてよかった、下手をしたら命にかかわっていたかもしれない」

「ありがとうございました。夜分に我儘《わがまま》言って、申し訳ありませんでした」

お咲は大家と一緒に、医者に礼と詫びを述べた。医者が帰ると、お咲は薬をお留に飲ませるため、暫し留《とど》まった。薬を煎《せん》じながら、お咲は考えを巡らせた。

――ムギは時蔵さんの家を再び離れて、お留さんの家の周りをうろうろしながら、お留さんの様子を窺っていたのかもしれないわ。そのような折、お留さんの具合が急に悪くなったので、心配して、私に報《しら》せにきたのかもしれない。

ムギはお千香に連れられて、お咲のところに何度か来たことがあったので、場所を覚えていたのだろう。

――ムギはきっと、賢い猫なのね。

ムギは、お留を温めるように寄り添っていた。

九

　その翌日、お咲は昼の休みに仕入れにいったついでに、時蔵の店に立ち寄り、お留とムギの一件を話した。それを聞くと、時蔵は大いに反省したようだった。

「よい餌を与え、甘やかして飼っていたが、もしかしたらムギは何か不服だったのかもしれない。お留さんのところは、ムギにとって居心地がよかったのだろう」

「どのように飼っていらっしゃったか、よく分かりませんが、あまりに構い過ぎてしまったのでは？　ムギは息苦しかったのかもしれませんね」

　時蔵は苦々しい面持ちで頷いた。

「子供だってそうだものな。可愛いからといって、こちらの都合で構い過ぎては、逆に機嫌を損ねてしまうこともあるのだろう。そのことがよく分かったから、お留さんの具合がよくなったら猫は譲るつもりだ」

「本当によろしいのですか？　お千香ちゃんが許さないのでは」

「よく言って聞かせるよ。二度も逃げ出したんだ。こちらに原因があったと、幼いあの子だって分かるだろう」

　時蔵の心は決まっているようだ。猫を譲りたいと思っている旨をお留に伝えてくれと、お咲は時蔵に頼まれた。


　お咲はその足で、お留が住む長屋へと向かった。お留の具合が気懸かりでもあった。大家やほかの住人たちも世話をしてくれているようで、お留の顔色はだいぶよくなっていた。人々の優しさが身に沁《し》みたのだろうか、臥《ふ》せてはいるものの、お留の面持ちは初めて会った時よりも和らいでいた。

「昨夜はありがとうございました」

　お咲の顔を見るなり、お留は弱々しい声で礼を言った。お咲はお留に微笑んだ。

　時蔵からの言伝《ことづて》を告げると、お留は複雑そうな面持ちになった。

「躰を治すことのほうが先ですので、すぐにはお返事できません。……猫には感謝していますが、私などより、お孫さんのほうが大切に飼ってくれると思いますし」

　お留は、お千香のことを慮《おもんぱか》ると、猫を譲られることに抵抗があるようだ。お留の気持ちが分かり、お咲も悩ましかった。

その夜、清史郎がふらりと店を訪れた。今日の品書きは、鱈《たら》ちり小鍋だ。鱈の切り身と白子《しらこ》、葱、人参《にんじん》、豆腐がたっぷり入った小鍋は、清史郎の胃ノ腑も摑んだようだ。相変わらずお咲とは一言、二言しか話さないが、銀二に酌をされ、機嫌よく鱈を頬張った。鱈の白子は、特に酒に合う。銚子を一本空けたところで、清史郎はふと訊ねた。

「そういや、あの猫の一件は、どうなったんだい」

ムギのことを、銀二から聞いていたようだ。二人の遣り取りを、お咲は小上がりに座ったおとみをもてなしながら、耳に挟んでいた。

「ああ、あれですか」

その後について銀二が掻《か》い摘《つま》んで話すと、清史郎は耳を傾けた。話を聞き終えると、清史郎はぽつりと言った。

「人間だって、ふらりと旅に出たくなることがある。その猫だって、別に時蔵さんのところが居心地悪かった訳ではないんじゃねえかな。たまには、ほかの人と触れ合ったり、ほかの景色を見てみたかったんだろう。人間も猫も、そう違わねえよ」

店が不意に静かになった時だったので、清史郎の話はお咲の耳にも届いた。おとみが艶《なま》めかしい声を上げた。

「さすが清史郎さん、含蓄《がんちく》があるわ！　そのように考えれば、猫の気持ちもよく分かって、飼いやすくなるわよね」

婀娜っぽいおとみに秋波《しゅうは》を送られ、清史郎は軽く咳払いをした。

「いや……。思ったことを言ったまで。お褒めいただき、恐縮だ」

「もう、清史郎さんったら、相変わらずお堅いんだから。まあ、そこがよいのだけれど」

おとみに嫣然《えんぜん》と微笑まれ、清史郎はさらに恐縮し、肩を竦める。床几の隣に座った銀二は、苦笑いだ。常磐津師匠のおとみ、どうやら清史郎に気があるようで、よろづで一緒になると、頻《しき》りに色目を使う。清史郎は悪い気はしないようだが、その色気にあてられ、いつもたじたじとなっていた。

おとみは座敷があるのでそれほど長居せず、清史郎は今宵《こよい》もご馳走さんと言って、帰っていった。

板場を片付けている時も、お咲は、父親の言葉が耳から離れなかった。

十

お留の具合がよくなった頃、お咲は時蔵とお留の一件を正式に裁いた。

「猫のムギについてですが、このように取り決めたいと思います。七日に一度、お千香ちゃんがムギを連れて、お留さんの家へ遊びにいくこと。たまに違った場所に行けばムギの心も晴れるでしょうし、お客さんたちによって、お留さんも癒されますでしょう。これを守っていただけますか」

時蔵は目を微かに潤ませ、大きく頷いた。

「もちろんだ。女将、よい案を出してくれて、心から礼を言う。さすがは元公事師、名裁きだ」

お咲は照れつつも、役に立てたことが嬉しかった。

お咲の裁きは、時蔵家、お留家の双方を納得させ、お千香がムギを連れてお留の家へ遊びにいく時にはお玉も付き添うことになった。

二人が初めてお留のもとへ行く時は、お咲が案内した。

「よろしくお願いします」

お千香はお玉と一緒に、お留に元気よく挨拶した。

「よく来てくれたわね。ありがとう」

二人の愛らしさに、お留は目を細める。

これからはお千香とお玉が、ムギとともに、孤独だったお留の心を癒していくだろう。

お咲は微笑みながら、三人を眺めた。長屋の庭に立つ梅の木は、爛漫《らんまん》の如く薄紅色の花を咲かせている。

お留がお茶と蜜柑を出すと、お千香とお玉が包みを開いた。お留が目を丸くする。

「まあ、紅梅焼《こうばいやき》」

皆、笑顔で、梅の形に象《かたど》った菓子を味わう。お咲が作って二人に持たせたのだ。

ムギは蜜柑も紅梅焼も食べられないので、お玉たちはお留と一緒に南瓜《かぼちゃ》を煮始める。

甘く優しい匂いが漂ってきて、ムギもそわそわと落ち着かない。お咲に抱かれながら、嬉しそうな啼き声を響かせた。

第二章　届かなかった文

一

如月《きさらぎ》（二月）の牡丹《ぼたん》雪が降る寒い夜、よろづではお客たちに蛤《はまぐり》の小鍋を出した。

「冷めないうちに、どうぞ」

蛤のほか、春菊《しゅんぎく》や葱《ねぎ》、大根おろしを加え、細く切った柚子《ゆず》の皮も散らした。

湯気が立つ小鍋を眺め、常連客の大工の孫助は頰を緩める。

「雪の夜にみぞれ鍋とは風流だな」

「お好みでつけて、お召し上がりください」

お咲は、醬油と酢を合わせて柚子を搾《しぼ》ったタレも出した。

「温まりそうね」

孫助の隣に座ったおとみが、待ち切れないかのように小鍋を覗《のぞ》き込む。お咲は姉さん被《かぶ》りに襷《たすき》がけの姿で、おとみに微笑《ほほえ》んだ。

「おとみさんの分も、すぐにお持ちします」

「お願いするわ。この後お座敷があるから、ご飯は少なめでね」

「はい」

一礼して板場に戻ろうとすると、岡っ引きの与兵衛に声をかけられた。

「あっしにもなるべく早くね！　腹が鳴って堪《たま》らねえや」

汁を啜《すす》る孫助を眺め、与兵衛は指を銜《くわ》える。

「はい。少しお待ちください」

お咲は板場へと走った。


まずはおとみに、その後すぐに与兵衛に運んだ。笑顔で味わう三人を見て、お咲の心も和《なご》む。ほかのお客には銀二が接しているので、お咲は孫助と与兵衛に酌をした。

「いやあ、いいねえ。辛《から》めの大根と、仄《ほの》かに甘い蛤は、実に合う」

孫助が唸《うな》る。与兵衛もすぐに箸をつけ、相好を崩した。

「そのままでもいいけど、このタレをかけると、いっそう旨《うま》く食えやすよ。酒が進みやす」

二人を見やり、おとみが白い頬を膨らませた。

「私もお酒を呑みたくなっちゃうじゃない。お座敷があるから我慢しているのに」

与兵衛は食べる手を止め、おとみに微笑んだ。

「姐《ねえ》さん、一杯ぐらいいいじゃねえですか。それで酔っ払うなんてことありやせんよ。あっしのでよければ、少しご馳走させてもらいやす」

おとみは首を横に振った。

「その気持ちだけもらっておくわ。ご贔屓《ひいき》にしてくれるお客さんのお座敷だから、失敗できないのよ」

「さすが姐さん、そういうところ恰好よいです」

与兵衛は頭を掻《か》き、銚子を持った手を引っ込める。おとみは艶《あで》やかな笑みを浮かべて、彼を見た。

「また今度、ご馳走してね」

「はい、喜んで」

おとみに流し目を送られ、与兵衛はいっそう締まりのない顔になる。

その傍らで、孫助は溜息をついた。

「この鍋は実に旨《うめ》え。だが、いつかの鍋も、また味わってみてえ」

お咲は、空になった孫助の盃に酒を注いで言った。

「蛤と筍《たけのこ》の小鍋、ですよね」

孫助は大きく頷《うなず》いた。

「そうだ。三年前に、ここが開店してすぐの頃に食った。あの衝撃は今でも忘れられねえ。終わりかけの蛤、出始めの筍。微妙に旬が違うこの二つが揃わなければ、鍋が成り立たねえんだ。それで俺は、あれ以来、食うことができてねえって訳だ」

肩を落とす孫助に、おとみが言った。

「孫助さん、よくその小鍋のことを話すから、私も食べてみたいんだけれど、今までお目にかかったことがないわね。いわば奇跡の小鍋なのかしら」

お咲は苦笑した。

「そうかもしれません。私だって毎年作りたいと思いつつ、その二つって、どうしても旬がずれてしまうんですよ。重なることがあっても、どちらかがよくなかったりして、うちの人が仕入れを断ってしまうんです」

孫助たちは、ほかのお客の話し相手になっている銀二に目をやりつつ、揃って頷いた。

「なるほど。その二つがどちらも鮮度がよい時期ってのは、なかなか重なり合わない」

与兵衛が言う。孫助はまたも大きく頷いた。

「そうなんだ。分かっちゃいるけど、どうしてもあの小鍋に再び会いたくて、ここに通い続けちまっているんだ」

与兵衛が訊《たず》ねた。

「どんな味だったんで？」

「蛤の上品な味が筍によく染みていたんだ。筍は少しだけえぐみが残っていて、甘みと苦みの塩梅《あんばい》が絶妙でな。いやあ、実に旨かった」

小鍋を思い出し、孫助は目を細めて恍惚《こうこつ》とした面持ちになる。

蛤を味わいつつ、おとみが口にした。

「なんだか、妖《あやかし》の女みたいね。一度会っただけで魅了されるも、その後、なかなか会えないなんて」

孫助は、ふふ、と笑った。

「蛤と筍の小鍋を、妖の女に喩《たと》えるとは面白えな」

酔いが回り始めた与兵衛が、顔をほんのり赤くしながら、合いの手を入れる。

「そうそう。なかなか会えなかったり、手に入らない女のほうが、気になっちまいやすよね。男ってのは」

「あら、与兵衛ちゃんったら、訳知り顔じゃないの」

おとみに酒を注がれ、与兵衛はだらしなく目尻を下げる。

「姐さん、光栄っす」

嬉々として盃を干す与兵衛を眺めながら、お咲と孫助は含み笑いだ。やはり与兵衛は女の話になると乗ってくると思ったのだろう。おとみが急に手を打った。

「そうだ、なかなか会えない女、で思い出したわ。私の知り合いが、折り入って女将さんに相談したいことがあるみたいなの。困っているようだから、話だけでも聞いてあげてくれない？」

皆の目がお咲に集まる。おとみの声が大きかったせいか、銀二もこちらを見た。唐突に言われたので、お咲は少々困惑して目を瞬《しばたた》かせた。

「ええ、まあ、いいですけれど。……揉《も》め事ってことでしょうか」

「そうなのよ。その人、私の教え子の一人で、お座敷に呼んでくれることもあるの。口入れ屋のご主人の郁之助《いくのすけ》さんっていうんだけれど、相当怒っていて、ある人を訴えてやるって息巻いていてね。だから私、言ったのよ。私の知り合いの元公事師に相談してみたら、って。その人だったら、大事にならないように裁いてくれるかもしれない、とも。そしたら郁之助さんも乗り気になって、是非お願いしたいって」

「そうですか。お役に立てればよいですけれど。で、揉め事には、なかなか会えない女人というのが関わっているのですか？　その人を訴えたいのでしょうか」

「いえ、それは違うようなんだけれど、詳しく教えてくれなくて。郁之助さんも、師匠である私には、やはり女の人とのことは話しにくいみたい」

「ああ、その気持ち、分かりやす」

ほろ酔い加減で、与兵衛が相槌を打つ。孫助も口を挟んだ。

「女将、相談に乗ってやったら？　この前の、猫の一件の名裁きで、名を上げたところだ。表向きは小鍋屋よろづ、裏の顔は公事処よろづの、二足の草鞋《わらじ》でいくってのもいいんじゃねえか」

「そりゃいいや！　料理も公事も相談事も、よろづ引き受けると」

「与兵衛ちゃん、上手《うま》いこと言うじゃない。私も女将さんが、二つの顔で活躍してくれることを願っているの。ね、だから、どうか、郁之助さんの相談に乗ってあげて」

お咲は銀二をちらと見た。銀二は顎《あご》を撫でながら、いいんじゃない、というように小さく頷く。背中を押されたような気分で、お咲はおとみに答えた。

「まずはお話を聞いてみて、それからお引き受けするか否か、お返事したいと思います。それでもいいですか」

「もちろんよ！　女将さん、ありがとう。近いうちに、郁之助さんを連れてくるわね」

「はい。込み入ったお話を聞くのは、お店ではなんですから、二階でお伺《うかが》いします」

お咲の返事に、おとみは満足げに頷いた。


店を仕舞うと、お咲たちも二階の部屋で夕餉《ゆうげ》を食べた。今宵もお客たちに出したのと同じく、蛤の小鍋。だが、好評だったがゆえに具材があまり残っていなかったので、豆腐を加える。お玉は大喜びで言った。

「躰《からだ》がぽかぽかしてくるわ。大根って躰を冷やすのに、みぞれ鍋にすると躰が温まるような気がするの。不思議ね」

「本当に。どうしてかしら」

首を傾《かし》げる女房と娘を眺め、銀二はいかつい顔を和らげた。

「お玉、それはな。おっ母さんが作った鍋は、心を温めてくれるからだ。心と躰は繫《つな》がっているだろ？　だから躰も温まるんだ」

お玉は円い目を瞬かせた。

「そういえば、おっ母さんが作る料理は、何を食べても躰が冷えたりしないもの。心が満たされるからなのね」

「そうだ。こんな雪の夜だって、おっ母さんの小鍋があれば寒くない」

お玉は大きく頷き、雨戸を見た。娘が何を考えているかを察し、お咲が口にした。

「雪、見てみましょうか」

お玉は顔を明るくして、再び頷く。お咲は腰を上げ、雨戸を少し開けた。冷たい空気が入り込んでくるも、お玉は潑剌《はつらつ》とした声を上げた。

「うわあ、綺麗な牡丹雪！　外、明るいのね」

お玉は瞬《またた》きもせずに見惚《みと》れる。銀二も窓の外に目をやりながら、酒を一口啜った。

「雪明かり、か。雪見をしながら、みぞれ鍋を味わうのも乙《おつ》なもんだ」

お咲は炬燵《こたつ》に戻って腰を下ろした。

「風邪を引かない程度に雪見をしましょう。寒いようだったらすぐに閉めるから、言ってね」

「このみぞれ鍋があれば平気！」

お玉が元気よく答え、笑いが起きる。家族三人、夜に降る雪の美しさに感嘆しつつ、蛤の旨味が溶け出た鍋を、心行くまで味わう。お風邪を引いたのかしら」

「今日はお祖父ちゃん、来なかったわね。お風邪を引いたのかしら」

心配なのだろう、愛らしい顔を曇らせる。銀二は娘に微笑んだ。

「いや、雪がずっと降ってたから、来るのが面倒だっただけだろう」

「おっ母さんもそう思うわ。明日になれば、またふらりとやってくるわよ」

「お祖父ちゃんのことだから、そうかもしれないわね」

肩を竦《すく》めたお玉は、両手で湯呑みを持って、お茶を飲んだ。大きな牡丹雪が降る音が、微《かす》かに聞こえていた。

二

翌日の朝には雪は止《や》み、近所の人たちと一緒に通りを雪掻きした。よろづの右隣は荒物屋《あらものや》、左隣は畳屋だ。通りにはほかにも、布団屋や扇問屋《おうぎどんや》、提灯屋《ちょうちんや》、湯屋などが並んでいる。

「結構、積もったわねえ」

「凍る前にやっちまおう」

「塩を撒《ま》くと、凍らねえよな」

「じゃあ、持ってくるか」

皆で塩を撒き、鋤《すき》を手に、雪掻きに励む。お玉をはじめ子供たちも、手習い所に行く刻《とき》まで手伝った。雲は多くなく、青空が覗いている。昼頃には晴れそうだった。

その翌日には雪はだいぶ融《と》け、人通りももとに戻った。

お玉を手習い所へと送り出し、朝餉の片付けをしていると、格子戸の向こうから威勢のよい声が聞こえた。

「おはようございます！　八百源です」

お咲は濡《ぬ》れた手を前掛けで拭いながら板場を出て、格子戸を開けた。

「ご苦労様」

源さんに微笑みかけ、中へ通す。源さんは野菜を入れた桶をよっこらせと運び、土間へと置いた。

「どうですか？　今日は大根と小松菜がお薦めです」

「そうねえ。大根、艶があって、真っすぐで太くて、いい感じ。……ちょっと待ってね」

お咲は階段へと駆け寄り、大声で呼ぼうとするも、銀二が先に下りてきた。

「お前さん、勘がいいわね」

「なに、声が聞こえたんだ」

仏頂面の銀二が現れると、源さんの顔が強張《こわば》った。銀二は土間へ来ると、腕を組んで野菜を眺め、大根を一本摑《つか》んで目を光らせた。緊張が走ったのだろう、源さんの肩に力が入る。銀二は微かに呻《うめ》いた。

「真っ白で見た目は確かによい。だが、軽い。これは駄目だ」

源さんの目が見開かれる。

「そ、そうですか？　この大根、新鮮ですし、いいと思いましたが」

銀二は小松菜に触れながら、源さんを睨《ね》めた。

「人間も野菜も、中身がスカスカじゃいけねえ。小松菜だけでいい」

「あ、そちらは大丈夫ですか。青々としてますもんね。ありがとうございます！」

源さんの面持ちが少々和らぐ。お咲は小さな溜息をついた。

――うちの人が厳しいから、源さんも八っつぁんもいつも怖がらせてしまって、なんだか悪いわね。

小松菜だけ置いて、大根をたくさん載せた桶を担いで出ていく源さんに、お咲は声をかけた。

「またよろしくね」

「はい、ありがとうございます！」

源さん太は振り向き、威勢よく答えた。

魚屋の八っつぁんが持ってきた烏賊《いか》は、銀二の眼鏡に適《かな》い、それも使うことにした。お咲は仕込みに取りかかり、烏賊の腸《わた》と軟骨を取り除いていく。

昼餉の刻になると、お客たちに烏賊の小鍋を出した。烏賊のほかには、小松菜、人参、平茸《ひらたけ》、厚揚げ、生姜《しょうが》が入っている。人参は、昨日仕入れて、あまったものを使った。平茸は晩秋から春にかけて採れ、シメジに似た味わいがある。シメジはこの時季は採れないので、代わりとした。

出汁を使わなくても、煮ているうちに烏賊の旨味が滲《にじ》んでくるので、醬油と味醂《みりん》と酒で味付けをすれば充分だ。醬油を少し多めにすると、なおよい。

根生姜は、昨年の神無月《かんなづき》（十月）に採れたものだが、しっかり天日干しして乾燥させて保存していたので、今でも使える。

烏賊が煮込まれる匂いは多くの者を惹《ひ》きつけるようで、店を開くと、たちまち小上がりが埋まってしまった。

「旨いじゃねえか！　烏賊の濃厚な旨味と、生姜のすっきりした風味が相俟《あいま》ってよ」

近くの河岸《かし》で荷物の上げ下ろしをしている金三《きんぞう》が、声を上げる。ちなみにこの金三、銀二とは「金さん」「銀さん」と呼び合う仲だ。

金三の仲間の紋次《もんじ》も唸《うな》った。

「食欲が掻き立てられるよなあ。おっ、ゲソも入ってる！　俺、好きなんだ」

「俺もだ。烏賊の足を捨てるなんて、悪しき風習だぜ。もったいねえ」

嬉々として烏賊の足を食べる二人に、お咲は微笑んだ。

「うちは気さくな店なので、お叱りを受けない限りは、ゲソもお出しします。肉がしっかりしているから、旨味と食感がいいんですよね」

金三は目尻を下げた。

「さすが女将、分かってるぜ。汁に烏賊の旨味が溶け出て、それが野菜や厚揚げに染み込んで、堪らんわ」

「平茸もよい。しめじより肉厚で食べ応えがある。俺はこっちのほうが好きだ」

二人とも夢中で頬張る。

「ごゆっくり、どうぞ」

お咲は笑顔で一礼し、下がった。

三

九つ半（午後一時頃）近くになり、店をいったん仕舞う頃、おとみが郁之助を連れて訪れた。

「郁之助さん、ここで昼餉を食べてみたいんですって。出してもらえる？」

「はい、すぐにご用意できます」

お咲が答えると、おとみは笑みを浮かべた。

「よかった。私も付き合うから、二人前ね」

「かしこまりました。少しお待ちください」

お咲が笑顔で一礼すると、郁之助も礼を返した。

「食べてからご相談させてください」

「はい。よろしくお願いします」

お咲は二人を小上がりに座らせ、板場へと走った。

直ちに運ぶと、おとみと郁之助は急いで食べ始めた。烏賊の小鍋に、二人とも相好を崩す。お咲はおずおずと、おとみたちに訊《たず》ねた。

「烏賊の足も入れておりますが、大丈夫でしょうか」

「あら私、大好きよ」

「普段はあまり食べませんが、この鍋はとても旨いです」

郁之助の返事を聞いて、お咲はひとまず安堵《あんど》した。口入れ屋〈郁野屋《いくのや》〉の主人である郁之助は、その身なりからも裕福さが伝わってくる。本来捨てる部分のゲソを出して怒られないかと、内心ひやひやしていたのだ。だが杞憂《きゆう》だったようで、郁之助もおとみも、箸の動きが止まらない。

おとみは食べながら郁之助を紹介した。齢《よわい》二十七で、父親が二年前に亡くなり、郁野屋を継いだそうだ。

「こんな二枚目なのに、なかなかお嫁さんをもらわないのよ。郁之助さんのお眼鏡に適う人がいないのかしらね」

溜息をつくおとみに、郁之助は苦笑いだ。お咲は二人の湯呑みにお茶を注《つ》ぎ足す。それを飲んで喉を潤し、郁之助は礼をした。

「ご馳走様。実に美味でした」

汁一滴も残っていない小鍋、米粒一つも残っていない椀を見て、お咲は笑みを浮かべた。

「お粗末様でした」

おとみも箸を置き、お茶を啜った。

「ああ、満腹だわ。なんだか眠くなってきちゃった」

目を擦《こす》るおとみを眺め、お咲と郁之助は微笑み合う。おとみの小鍋と椀も、空っぽになっていた。

おとみは帰り、お咲は郁之助を二階へ上げた。銀二は板場で、片付けをしてくれている。

「こちらへどうぞ」

殆《ほとん》ど使っていない六畳の部屋へと通し、郁之助と向かい合った。改めて挨拶を交《か》わし、お咲は訊ねた。

「それで、どのようなご相談でしょうか」

いざ話すとなると躊躇《ためら》いを感じたのか、郁之助は目を伏せる。少しの沈黙の後、ゆっくりと口を開いた。

「ある女人《にょにん》に出した文が、先方に届かなかったのです。高価な簪《かんざし》も同封しておりましたのに」

お咲は考えを巡らせた後で、訊ねた。

「それは町飛脚《まちびきゃく》の手落ちということになりますよね」

郁之助は苦々しい面持ちで頷く。お咲は少し躊躇いつつも、再び訊ねた。

「送った相手は、郁之助さんの恋人ですか」

すると郁之助は、苦い笑みを浮かべて、首を横に振った。

「いえ。恋人という訳ではありません。私が好いている女です。齢二十二の、お紺《こん》といいます」

「お紺さんはどちらに住んでいらっしゃるのですか」

「青山です」

「日本橋とは多少の距離はありますが、飛脚ならばすぐに運べますよね」

「ええ。自ら届けにいこうかとも思ったのですが、このところ仕事が多忙でしてね。ならば飛脚に頼んだほうが早いと思ったのです。それなのに……まさか届かなかったとは。簪は高価なものでしたのに」

郁之助は唇を嚙む。お咲は眉根を寄せた。

「失礼ですが、おいくらぐらいだったのでしょう」

「五両（およそ三十万）です」

お咲は目を見開いた。

「ずいぶん贅沢なものだったのですね」

「ええ。鼈甲《べっこう》に金蒔絵《きんまきえ》が施されたものでした」

苦い笑みを浮かべる郁之助を眺め、お咲は察する。

――そんな高価な贈り物をするということは、郁之助さんはお紺さんに真剣に惚れているのかしら。

郁之助は話を続けた。

「先月、松の内が明けた頃に送ったのですが、何の音沙汰《おとさた》もなくて。おかしいと思い、『届きましたか』という旨を書いて、また文を送りました。するとお紺から『文も簪も届いておりませんでした』との返事が送られてきたのです」

お紺は嘘をつくような女ではないので、町飛脚の〈長谷屋《はせや》〉に問い合わせてみたところ、このように言われた。

——受取証がありますので、確かに届けたはずです。

もう一度よく調べてくれと頼んでみると、受取証の捺印《なついん》に、偽装したようなおかしな点が見られた。

その時配達した者は信郎《のぶお》という男で、長谷屋の主人が彼を部屋に閉じ込めて詰問したところ、先方に届けなかったことを白状した。だがその理由は決して話さず、弁償します、と繰り返すだけだという。

郁之助はその理由を知りたいようだ。

「信郎にはもちろん弁償してもらうつもりですが、懸念もあるのです。……彼は長谷屋を馘《くび》になるでしょう。すると、簪の代金をちゃんと払ってもらえるか、どうか」

郁之助は目を伏せ、溜息をつく。

「高価なものですものね」

郁之助は照れくさそうに言った。

「お紺を本気で好いているのですが、なかなか振り向いてくれないのでね。贈り物で気を惹こうと思いまして」

お咲は郁之助を眺める。大店《おおだな》の主人で、見てくれだって悪くはない。その郁之助を本気にさせるお紺という女に、お咲は興味を持った。

お咲は軽く咳払《せきばら》いをして、訊ねた。

「お紺さんとは、お仕事を通じてお知り合いになられたのですか。働き口を紹介して差し上げたとか」

「いいえ、お紺は、神田明神の近くの水茶屋で働いていたのです。そこに私が客として行ったのが、きっかけでしょうか。私も、今はだいぶ仕事に慣れてきましたが、二年前に父親の跡を継いだ頃は緊張の日々を送っておりましてね。お紺は美しくて気立てのよい娘で、私の心を和ませてくれました。そして惹かれていったのです」

だがお紺はとても真面目な性分で、口説《くど》いても誘いに乗ってこなかった。堅い女だからこそ、郁之助はますます熱心になったようだ。

郁之助が口説き落とす前に、お紺は水茶屋をやめ、実家がある青山へと帰ってしまったという。

「どうしてお戻りになったのでしょう」

お咲が訊ねると、郁之助は目を伏せた。

「おっ母さんの具合が悪くなり、面倒を見るために戻ったのです。お父つぁんは百姓で、お紺はおっ母さんの世話をしながら、お父つぁんの仕事も手伝っているようです」

青山には武家屋敷も多いが、百姓地も広がっている。

「お紺さん、よい心がけでいらっしゃいますね」

お咲が言うと、郁之助は頷いた。

「思いやりがある女なのです。……やはり、仕事が忙しくても、私が青山まで赴《おもむ》いて、簪を直接渡すべきでした」

顔を曇《くも》らせる郁之助を眺め、お咲はふと思った。

――もしや郁之助さんは、仕事云々は建前《たてまえ》で、お紺さんに簪を直接渡して突き返されるのが怖くて、飛脚に頼んだのではないかしら。粋《いき》な趣《おもむき》で、遊び慣れているようにも見えるけれど、郁之助さんは、根は初心《うぶ》なのかもしれないわ。

郁之助は溜息交じりに言った。

「お紺が私に嫁《とつ》いでくれれば、両親の面倒も見るのですが」

「お紺さんのこと、本気でいらっしゃるのですね」

郁之助はお咲を見つめ、微かな笑みを浮かべた。

「さようです」

お紺とのことは郁之助自身の問題であるが、文と簪が届かなかったことは明らかに信郎の責任である。奉行所に訴え出ることも考えたそうだが、弁償してほしい金額が五両ということが郁之助を躊躇わせた。

大店の口入れ屋の主人である自分が、その程度の金額で大事にするのは些《いささ》か恥ずかしいと思ったようだ。しかも、岡惚れしている女に一方的に送ろうとしたものの代金である。万が一に噂になって広まったらと、自分の立場を考え、危惧したのだろう。

「ですが、やはりこのままでは、納得がいかないのです。簪代を弁償してほしいだけでなく、なにゆえに届けなかったのか、文と簪はいったいどうなったのか、すべてを知りたいのですよ」

郁之助が疑問に思っていることを、長谷屋の主人も信郎に厳しく問い質《ただ》したらしいが、頑《がん》として答えなかったという。

お咲は頷いた。

「郁之助さんのお気持ち、よく分かりました。信郎さんがどこかに逃げてしまわないうちに、詳しい証文を作り、返済の段取りを決めてしまいましょう」

「よろしくお願いします。私も信郎に会って、直接話してみたいのです」

「その時は、長谷屋のご主人にもご同行していただきましょう。ご主人にも証文に捺印してもらったほうがよいと思います」

「分かりました。長谷屋のご主人に話してみます」

日取りが決まったら手代に伝えにこさせると約束し、郁之助は帰っていった。

四

その後で、お咲は銀二に、郁之助の相談事を話した。聞き終えると、銀二はぽつりと言った。

「お紺さんは、どう思っているんだろうな」

手習い所から帰ってきていたお玉も、口にする。

「おっ母さんのお世話をするために戻ったなんて、お紺さんは優しい人なのね」

お咲は娘に頷いた。

「お紺さんのそのようなところに、郁之助さんも惹かれたのかもしれないわ」

「優男《やさおとこ》に見えるが、根は真面目なんだろうな」

「人って見た目では分からないわね」

銀二に相槌を打ちつつ、お咲はふと気に懸かった。

――五両もする簪を、届かなかったとはいえ送りつけようとした男のことを、お紺さんみたいな女《ひと》は果たしてどう思うのかしら。

お紺は水茶屋で働いていた時は男の目を引いただろうが、話を聞くに、根は素朴な女のようだ。

――素朴は、堅実に繋がるわよね。堅実な女人の目に、郁之助さんはどのように映るのだろう。

考えを巡らせつつ、お玉にも手伝ってもらって急いで三人の昼餉の支度をする。時間があまりないので、二階に運ばず、店の小上がりで食べた。

今日も店のあまりものだが、お玉は満面に笑みを浮かべて頬張る。

「烏賊って本当に美味しい！　烏賊の味が染みたお野菜と厚揚げも」

「お玉は豆腐のみならず、厚揚げも好きだな」

銀二は目を細めて娘を見る。お玉は頷いた。

「どちらも大好き。なんかね、お豆腐はおっ母さんで、厚揚げはお父つぁんって感じがするの。色や硬さの違いかしら」

お咲と銀二は顔を見合わせ、笑った。

「言い得て妙ね。確かに豆腐より厚揚げのほうが、諄《くど》いというか、ごついわ」

「見た目はな。だが中身はおっ母さんだって、なかなかごつい」

「あら。しっかりしている、と言ってよ」

お咲が唇を尖《とが》らせると、銀二は眉を掻いた。

「男勝りだと言いたかったんだ」

「おっ母さんのそういうところ、私も受け継いだかしら」

目を瞬かせるお玉に、お咲は微笑んだ。

「そうかもね。お父つぁんが厚揚げで、おっ母さんが豆腐なら、お玉は何かしら」

「卯《う》の花(おから)じゃねえか」

「ああ、ぴったりね！　ふわふわ愛らしくって」

両親に見つめられ、お玉はうつむいた。

「卯の花のようでいて、中身は男勝りって、どうなのかしら」

「豆腐も厚揚げも卯の花も、すべて大豆からできているだろう。滋養が多くて、躰を丈夫にしてくれる。どれも、芯の強い食べ物だ」

銀二がお玉の頭を撫でる。お玉はまた笑顔になり、声を弾ませた。

「うちは大豆一家なのね！」

「それはいいな」

「健《すこ》やかってことね」

笑いが溢《あふ》れる。店の小窓から、午後《ひるご》の穏やかな日差しが注いでいる。

ゲソを噛み締めながら、お玉がふと言った。

「お祖父ちゃんは納豆みたい」

お咲と銀二は顔を見合わせた。

「どうしてだ」

「たくさん話しかけたりして、お祖父ちゃんの心を掻き回すと、ほぐれて味が出てくるから」

お咲は黙ってしまった。

——そういえば私は、お父つぁんを撥《は》ねつけてしまっていて、心を掻き回すことすらしていないかも。

複雑な思いが込み上げてくる。銀二は娘の頭を撫でた。

「そういう意味か。お玉、お前の目利きは、俺譲りかな」

「そうだと嬉しいわ」

お玉はふっくらした頬に、えくぼを作った。


昼餉を終えると、またお玉に手伝ってもらい、夕餉の仕込みを始めた。お玉は人参をせっせと洗いながら、手習い所であったことを楽しそうに喋った。近頃、女の子たちの間で、あやとりが流行っているようだ。

「おっ母さんが赤い麻糸《あさいと》を用意してくれたでしょ。みんなから、可愛いって褒められたわ」

「よかったわね。やる気が出て、早く上達するんじゃない？」

「そうだといいわ。一人あやとりも、二人でするのも好きよ。おっ母さん、また教えてね」

「もちろん！　おっ母さんもお玉ぐらいの頃、あやとりに夢中になったわ。おはじきも好きだったけれど」

「あ、おはじきも習いたい」

「教えてあげるわ」

お咲は娘と微笑み合う。店の掃除を終えた銀二が、板場の入口で声をかけた。

「お玉、独楽《こま》回しや面子《めんこ》も面白いぜ」

お玉は人参を洗う手を止め、銀二のほうを見た。

「それもやってみたいわ。独楽回しはお祖父ちゃんが得意よね」

「俺だって得意だ」

銀二が仏頂面になる。お咲は笑みを浮かべた。

「あら、独楽は私だって得意よ。子供の頃、夏祭りの独楽回し大会で、一等だったもの」

「本当？　おっ母さん、やっぱり男勝りなのね」

お玉が声を裏返す。銀二は腕を組んだ。

「俺でさえ二等だったが」

「気合いで挑んだのよ。私をからかっていた男の子たちをこてんぱんに負かして、溜《りゅう》飲《いん》を下げたってわけ」

「そうだったのね。おっ母さん、素敵」

「その頃から勇《いさ》ましかったんだな」

お玉は目を輝かせるも、銀二は複雑そうな面持ちだ。お咲は唇を尖らせた。

「あら、お前さんは勇ましい女は嫌いではないでしょ」

「うむ。だが、俺を負かすほどに勇ましいというのは……少々困る」

眉を八の字にする銀二を眺め、お咲はお玉と微笑み合った。


仕込みを終えても、まだ少し時間があったので、お咲は手際よく麩菓子《ふがし》を作った。麩をよく炒めて、温かいうちに砂糖を少し混ぜた黄粉《きなこ》を絡める。甘く優しい香りのするそれを、お咲はお玉に渡した。

「お腹が減ったら食べなさい」

夕餉まで時間があるので、間食用に、お玉に菓子やおにぎりを渡すようにしている。お玉は黄粉も好物なので、皿を抱えて大いに喜んだ。

「おっ母さん、ありがとう」

すると銀二が、皿に手を伸ばした。

「一つくれ」

言うなり、銀二は麩菓子を摘《つ》まんで、頬張る。お咲が声を上げた。

「お前さんったら、摘まみ食いなんかして！　それはお玉のよ」

口をもぐもぐ動かしながら、銀二は言った。

「いいじゃねえか。な、お玉」

「もう」

お咲は頰を緩める。お玉も一つ食べ、笑みを浮かべて、銀二に皿を差し出した。

「お父つぁん、もう一つ、如何《いかが》」

「ありがとよ。お玉は優しいな」

指を伸ばしつつ、銀二は少々得意気に、お咲を見る。お玉は愛らしい声を響かせた。

「でも、もうあげないわ。それが最後」

「いいじゃねえか、まだあるんだから」

銀二はたちまち不貞腐《ふてくさ》れる。

「守らないでまた摘まみ食いしたら、私もおっ母さんに相談して、裁いてもらうわ」

お玉が澄ました顔で言うと、お咲は笑った。

「その時は、しっかり裁くわ。お父つぁんの摘まみ食いに関する公事ね」

「頼もしいわ、おっ母さん」

微笑み合う二人を眺め、銀二は肩を竦めた。

「娘に訴えられるなんて、そりゃねえよ」

「おまけに女房に裁かれたら、世話ないわね」

銀二は眉を下げて、悲しそうな面持ちだ。

お咲は亭主をからかいつつ、思う。銀二は強面だが、実は意外に子供っぽいのだと。

「冗談よ、お父つぁん。もう一つどうぞ」

お玉がすかさず、銀二に皿を差し出した。

五

その夜、清史郎が食べにきた。いつものように、小上がりには座らず、床几《しょうぎ》に腰かけて、鍋と小盛りご飯と酒を味わう。相変わらずの仏頂面だ。

銀二が酌をしようと近寄ると、ぼそっと言った。

「一人でゆっくり食いてえから、いいよ。忙しいみてえだし」

「……はい」

銀二は苦笑いで、銚子と盃を置いて下がる。お咲は小上がりに座ったお客たちをもてなしながら、ちらちらと様子を窺《うかが》っていた。

——お父つぁんの無愛想には、うちの人も慣れているでしょうが、あまりに素気無《そっけな》いとやはり傷つくのではないかしら。うちの人、ああ見えて繊細なところがあるし。

そのような懸念が浮かぶが、清史郎は娘の心など気づかぬように、黙々と食べている。お咲が小さな溜息をついたところで、今宵も階段を駆け下りる音が響き、お玉が飛び出してきた。

「お祖父ちゃん、いらっしゃい」

まさに小鳥のように清史郎のもとへと飛んでいく。清史郎は、銀二には決して見せぬような柔和な面持ちで、お玉に微笑んだ。

「相変わらず元気だな」

「お祖父ちゃん、風邪引いたりしてない？　雪が降ったから心配してたの」

「大丈夫だ。ぴんぴんしてる」

「よかった」

お玉はあどけない顔に笑みを浮かべ、清史郎の隣へと腰かける。清史郎は孫娘が羽織った半纏《はんてん》の衿元《えりもと》を、そっと直した。

「お玉、躰には気をつけろよ。夜はまだ冷えるからな」

お玉は大きな声で、はい、と返事をする。親しげな二人を眺め、銀二は唇を少し尖らせる。娘を可愛がってもらえることは嬉しいだろうが、清史郎のお玉に対する態度が、自分へのそれとはまったく違うから、複雑なようだ。

お玉は袂《たもと》から赤い麻糸を取り出し、清史郎に見せた。

「今、手習い所で、あやとりが流行っているの。おっ母さんに教えてもらって、私も上手くなってきたわ」

「ほう。あやとりっていうと……。川、とか、田圃《たんぼ》、とか作れるようになったか」

「できるわよ。ほら、見て」

お玉は麻糸を指に絡ませ、あやとりの形《かた》を流れるように作っていく。清史郎は声を上げた。

「お玉、上手いじゃねえか。お前は何でも呑み込みが早いなあ」

祖父に褒められ、お玉はにっこり笑う。

「お祖父ちゃんは、あやとりできるの？」

「遠い昔にやったことはあるが、もう忘れちまったよ」

「したことがあるなら、すぐに思い出すわ。私が教えてあげるから、ご飯食べ終わったら、一緒にしよ」

既にほぼ空になっている小鍋を見つつ、お玉が言う。清史郎は眉を八の字にしながらも、笑みを浮かべた。

「お玉は言い出したら聞かねえからなあ。じゃあ、ちょいとやってみるか」

「わあ、嬉しい」

無邪気に喜ぶお玉を、お咲と銀二だけでなく、お客たちも笑顔で見守っている。

清史郎が食べ終えると、二人であやとりを始めた。

「そう、糸を小指にかけて。あ、もっとしっかり引っ張らなきゃ駄目」

お玉が熱心に教えるが、清史郎は上手くできない。絡まってしまった糸を見て、清史郎は溜息をついた。

「お玉、あやとりはやっぱり女の子の遊びだ。男の祖父ちゃんでは、こんがらがっちまうよ」

糸を返され、お玉は頰を膨らませた。

「女の子の遊びが楽しくないのね」

「そういう訳ではねえ。無理にその楽しさを分かろうとすると、男だったら、こんがらがるってことだ」

お玉は首を少し傾げた。

「お祖父ちゃんの言うことって、難しい時があるわ。そういうの、何て言うんだっけ。……えっと」

暫《しば》し考え、大きな声を出した。

「屁理屈《へりくつ》」

お客たちの間から笑い声が起きる。何が可笑《おか》しいのかよく分からぬように、お玉はきょとんとする。清史郎は苦笑いで孫娘の頭を撫でた。

「祖父ちゃん、もう歳だからよ。理屈っぽくてごめんな」

「ううん。お祖父ちゃん、元公事師なんですもの。理屈っぽくて当然よ」

お玉は澄ました顔で答える。

すると岡っ引きの与兵衛が、思い出したようにお咲に訊ねた。

「そういや、おとみ姐さんの知り合いの件は、どうなったんですかい？　女将さん、その人の相談事に乗ってあげたんですか」

「ええ、まあ」

お咲は父親をちらと見る。いい気分で酔いつつ、与兵衛はまた訊ねた。

「で、揉め事の仲裁を引き受けたと？」

「……考えているところです」

与兵衛はお咲と清史郎を交互に見て、声をさらに大きくした。

「やっぱり蛙《かえる》の子は蛙だ！　猫の一件、名裁きと話題になりやしたもんね。お留さんもすっかり明るくなって、この店にもたまに食べにくるようになりやしたし。女将、よい仲裁をしやしたよ」

お咲は肩を竦めた。

「そんな……。揉め事をちょっと解決しただけですから」

今後は孫助が、口を挟んだ。

「いいんじゃねえの？　小鍋屋よろづ、のみならず、公事処よろづも繁盛させれば」

店に笑いが溢れる。

お玉は皆の話を聞きながら、清史郎の隣で笑みを浮かべている。清史郎は静かに酒を呑み、お銚子を一本空けると、立ち上がった。

「ご馳走さん」

孫助が声をかけた。

「清史郎さん、照れるなよ」

「……別に」

呟《つぶや》くように答え、清志郎は銀二に代金を渡す。お玉が祖父を見上げた。

「もう帰っちゃうの？」

清史郎は優しい目で孫娘を見つめた。

「また来るよ。お玉とあやとりできて、祖父ちゃんも嬉しかったぜ。下手だったがな」

「また教えてあげる」

「おう。こっそり稽古しておくよ」

孫娘に優しい笑みを残し、清史郎は帰っていった。

六

翌々日の朝、お咲はほしいと思っていた食材が無事手に入った。八っつぁんがよい浅蜊《あさり》を、源さんがよい葱を持ってきてくれたのだ。銀二は相変わらず厳しい顔で目利きしていたが、ともに仕入れた。

「お前さんが断らないでくれたから、今日は深川鍋《ふかがわ》を出せるわ。ありがと」

「お前が作る深川鍋は絶品だからな。俺も食いてえんだ」

「張り切って作るわね」

お咲はたくさんの浅蜊を洗い始める。塩水に浸《つ》けて暫く置き、砂出しをするのだ。

昼餉に深川小鍋を出すと、店はたちまち満員になった。浅蜊、葱、豆腐、油揚げ、榎茸《えのきだけ》を煮込んだ味噌仕立ての鍋は、よろづでも非常に人気がある。

「これだよ、これ！　あまった煮汁を飯にかけて食うと、また旨えんだ」

「このコクのある味が、疲れた躰に沁《し》みるのよ」

躰を駆使して働いている男たちが、唸る。

大好評のうちに昼餉の刻を終えたが、油揚げが足りなくなりそうなのが気懸かりだった。

お玉も帰ってきていたので、三人で急いで昼餉を食べた。お咲はこれから、郁之助に付き添ってもらって、信郎と話をつけにいくのだ。

浅蜊を頬張りながら、お咲はお玉に言った。

「油揚げ、お父つぁんと一緒に買ってきておいてね」

「うん」

お玉は笑顔で頷いた。


郁之助は、町飛脚〈長谷屋〉の主人の寛蔵《かんぞう》を連れて、お咲を迎えにきた。寛蔵は齢五十ほどの貫禄のある男だ。寛蔵はお咲に頭を下げた。

「この度は、うちで使っていた信郎のせいで女将さんにまでご迷惑をおかけしてしまい、申し訳ございません」

お咲は肩を竦めた。

「そのようなことはありません。郁之助さんからお話をお伺いして、どういうことだったのか真実を確かめたく、お手伝いさせていただくことにしました」

「心強いです。よろしくお願いします」

寛蔵は、再び深く礼をした。


曇り空の下、三人で信郎が住む瀬戸物町《せともの ちょう》へと向かった。

掘割に架かる中ノ橋を渡り、西へ進めば、瀬戸物町が見えてくる。

雇い主であった寛蔵が一緒だったので、信郎が住む長屋はすぐに見つかった。

「もし留守にしていたら、日を改めてまた来たいと思います。女将さん、承知していただけますか」

「はい。ご一緒いたします」

郁之助に真摯《しんし》な面持ちで言われ、お咲は頷くが、懸念が込み上げた。

――姿をくらましていなければいいけれど。

気を逸《はや》らせながら、三人で木戸を通って中へと入った。

信郎の家の前に立ち、腰高障子越しに寛蔵が声をかける。お咲の心配は杞憂だったようで、中から信郎と思《おぼ》しき声が聞こえた。

「はい。どちらさんで」

「長谷屋の寛蔵だ。話があってきた」

お咲はひとまず安堵した。

――よかった。逃げていなかったようね。

暫くして、腰高障子が開いた。飛脚の仕事を長らくしていただけあって、信郎は浅黒く、引き締まった躰をしている。信郎は驚いたような顔をした。寛蔵のほかにも、二人いたからだろう。

寛蔵は信郎に紹介した。

「こちらは、郁之助さん。お前がなくした文を、出した方だ。そしてこちらが、元公事師のお咲さん。この度、我々の間に入ってもらい、弁償の詳細などを取り決めていただくことにした」

「よろしくお願いします」

お咲は一礼した。信郎は目を瞬かせていたが、我に返ったように、頭を深く下げた。

「あの……すみませんでした」

お咲たちは目と目を見交わす。

――ずいぶん素直だわ。逃げてもいなかったし、弁償することは本気で考えているようね。

信郎の人柄が、少しずつ伝わってくる。それゆえにお咲は、信郎がどうして文を届けなかったか、その訳がいっそう気になった。

信郎はお咲たちを家に上げた。三人に向き合うと、信郎は改めて、畳に額を擦りつけるようにして謝った。

申し訳なかったと繰り返す信郎の目に、涙が薄《うっす》らと滲《にじ》んでいることに、お咲は気づいた。郁之助は信郎を睨んでいる。寛蔵は苦々しい面持ちで言った。

「お前に良心が残っていること、分かったよ。お前がしてしまったことはもう取り返しがつかないが、必ず弁償して罪を償《つぐな》うと約束するね？」

「はい、もちろんです」

信郎はようやく姿勢を正し、腕で目を拭った。

「では、こちらに捺印とお名前をいただけますか」

お咲は、昨夜作った証文を差し出した。信郎はこれから日雇い仕事をしていくとのことで、無理のないよう、月々の返済金額を決めた。一年以上かかることになるが、郁之助はそれでもよいと納得したので、一応作っておいたのだ。

証文を前に、信郎は唇を嚙み締める。お咲は証文に記したことを、口に出して詳しく説明した。もし二月《ふたつき》以上返済が滞《とどこお》った場合や、逃げ出した場合は、奉行所に訴えて捕まえてもらう意向であることも、はっきりと告げた。

信郎は面持ちを強張らせて聞いている。お咲は、再び訊ねた。

「できれば、この内容でご承諾いただきたいのですが、もし無理のようでしたらご相談に応じます。一月《ひとつき》にお返しいただく額は、こちらで大丈夫でしょうか」

「……払っていくつもりです」

お咲は信郎を見つめた。

節約すれば、払えないことはないだろう。だが、日雇いの仕事が毎日あるとは限らず、かつかつの暮らしになってしまうであろうことは予想できる。

郁之助は腕を組み、信郎を睨《ね》めた。

「自分が仕出かしたことなのだから、仕方があるまい。お前さん、二十四だろう。いい大人なのだから、責任を取ってもらわねば困る」

「……はい。分かっています」

信郎は項垂《うなだ》れる。郁之助の目が見られないようだ。

寛蔵は深い溜息をつき、信郎に問いかけた。

「それでお前は、どうしてあんな真似をしてしまったんだい？　ずっと真面目にうちで働いていたじゃないか。いったい、どんな魔が差したというんだ」

信郎の取った行動が、寛蔵も理解できないようだ。お咲の目にも、信郎はとても文を隠すような男には映らない。

――やはり、深い訳があるのでは。

お咲は考えを巡らせるが、郁之助は信郎を責め立てた。

「訳を説明してくれ」

自分の思いを籠めた文と簪が、恋しい女に届かなかったことに、郁之助は真に憤慨《ふんがい》しているようだ。その気持ちはお咲にも分からなくはないが、信郎は項垂れて身を縮めてしまっている。

お咲は声を響かせた。

「お話ししにくいようですので、郁之助さんと寛蔵さんは、少し外で待っていてくださいませんか。私、信郎さんと二人で話をしたいのです」

郁之助は目を剝いた。

「なんですと？　私たちは、理由を聞かせてもらえないというのですか」

「いえ。もちろん私の口から、お二人に後でお話しいたします。信郎さんに聞いたことを、偽りなく。お約束しますので、私の願いを聞いていただけないでしょうか。……三人に睨まれていれば、信郎さんだって緊張して、正直なことをなかなか話せないと思うのです」

郁之助と寛蔵は、目と目を見交わす。寛蔵が答えた。

「そうかもしれませんな。ではここはお咲さんにお任せしまして、私どもは外で待ちましょう。お話が終わりましたら、お声をかけてください」

「かしこまりました」

お咲は一礼する。郁之助は不満げだが、立ち上がり、寛蔵と一緒に外へ出た。

静かになった部屋で、お咲は改めて信郎と向かい合った。信郎は顔を強張《こわば》らせ、うつむいている。お咲はゆっくりと問いかけた。

「どうして文を届けなかったか、正直なことを話してくださいますね」

信郎は顔を上げ、お咲を見つめた。その目は、濁《にご》っているようには感じられない。

仲郎は膝の上で拳を握り、微かに頷いた。

薄暗い部屋の中で、信郎はぽつぽつと話し始めた。

「実は、届ける相手だったお紺さんのことを、私も知っていたのです」

意外な言葉に、お咲は目を見開く。信郎は続けた。

「相手の名前と在所を見た時、お紺さんに違いないと思いました。私も一時、お紺さんが勤めていた水茶屋に通っていたのです。行く度に話をしていましたので、実家がどこにあるのかも知っていました」

「ではお紺さんが水茶屋をお辞めになった訳も知っていたのですね」

信郎は目を伏せたまま、曖昧に首を振った。

「お紺さんが青山に帰った後で、風の噂に聞きました。辞める頃には、私はもう水茶屋に通わなくなっていましたので」

お咲は信郎を見つめる。かける言葉を考えていると、信郎が先に口を開いた。

「私もお紺さんに夢中だったのです。それで思いを告げたのですが……断られてしまいました。家族のこともあって、今はそのような気持ちにはなれない、と。家族のことというのは、おっ母さんの看病だったのだと、後に知りました」

信郎の浅黒い顔が、微かに歪《ゆが》む。お咲は思った。

――信郎さん、届ける相手がお紺さんだと気づいた時、複雑な思いが胸に広がったでしょうね。信郎さんにとって、お紺さんの名前は、なかなか忘れられないものに違いない。

強い北風が、腰高障子を震わせる。項垂れる信郎に、お咲は静かに問いかけた。

「一時《いっとき》思いを寄せていたお紺さんへの文だったがゆえに、気になってしまったのですか」

信郎は暫し黙っていたが、ゆっくりと口を開いた。

「そういうことでしょう。……私はまだ、お紺さんに未練があったのです。それで、仰《おっしゃ》るように、その文がやけに気になってしまいまして。決してしてはいけないことだと分かりつつ、何かに突き動かされるかの如く、文を開けてしまったのです。手を、震わせながら」

　お咲は、信郎の手を見た。膝の上で握った拳は、今も微かに震えている。お咲は一応、確かめた。

「中に入っていたものは何でしたか」

「恋文と簪でした」

「恋文だと分かったということは、中身を読んだのですね」

　お咲が少し厳しい口調で訊ねると、信郎は肩を落とした。

「……申し訳ございません」

　お咲は信郎を射貫くように見つめ、背筋を伸ばした。

「それを読んで、届けるのをやめようと思ったのですか」

　信郎は顔を伏せ、掠れる声で答えた。

「はい。……恋文の内容からも、同封していた簪からも、差出人はどこぞの裕福なご主人と察せられました。自分との、身分の差のようなものを感じてしまったのです。自分が決して敵《かな》わぬ男が、お紺さんに懸想《けそう》しているかと思うと、堪らなくて。恋文と簪を届けて、もし二人が親密になったらと思うと……」

信郎はうつむいたまま、唇を噛む。お咲は彼を真っすぐ見つめた。信郎を咎《とが》めつつも、その気持ちも薄らと分かるような気がする。

――信郎さんはお紺さんに断られても、思いをずっと引き摺《ず》っていたのね。きっと、その時、頭に血が上ってしまったんだわ。

信郎は、話し方や態度から察するに、人格が破綻《はたん》しているようには見えない。ならばやはり、一時の気の迷いだったのではないかと思われる。だが、許されることではない。

お咲は息をつき、訊ねた。

「それで結局、その恋文と簪は、どうしたのですか。どこかに隠してしまったのでしょうか。人違いということもあるので、まずは青山まで行って確かめるはずだと思うのですが。届ける相手が、信郎さんが知っているお紺さんと、同一の人であるかどうか」

信郎は顔を上げ、お咲と目を合わすが、またうつむいた。

「はい。もやもやした思いを抱きつつも、一応、青山まで届けにいきました。記《しる》された在所の近くで、身を隠しながら様子を窺ったのです。そして、届ける相手はやはり、あのお紺さんだと分かりました。お紺さんを久しぶりに目にしたら、よけいに複雑な思いが胸に渦巻いて……それで私は」

信郎は唇を嚙み締める。握った拳を震えさせながら、言葉を継いだ。

「その恋文と簪を、川に流してしまったのです」

お咲は黙って信郎を見つめる。

信郎は罪深いことをした。だが、その罪を引き起こすもととなったのは、お紺への純な恋心だったのだ。

——本来、仕事をする時は、自分の本心や感情を抑えることも必要だけれど、信郎さんは抑えきれなくなってしまったのね。

信郎が文を届けなかった理由と、その文の行方が分かったので、お咲は腰を上げ、郁之助と寛蔵を呼びにいった。

二人とも冷たい風に吹かれながら、怪訝な面持ちで待っていた。郁之助が急《せ》くように訊ねた。

「あいつ、正直なことを喋りましたか」

「はい。だいたいのことは分かりました」

腰高障子の前で、お咲は二人に、信郎から聞いたことを伝えた。すると、郁之助は激しく怒り出した。

「なんですと？　文を読むなど許せん。その分の弁償もしてほしいぐらいだ」

郁之助は声を荒らげ、腰高障子を勢いよく開き、再び乗り込んだ。そして信郎を怒鳴りつけた。

「お前のしたことは卑劣極まる。恥ずかしくないのか！」

信郎は平伏し、申し訳ございませんと、謝りの言葉を繰り返すばかりだ。郁之助は気が済まぬようで、信郎に殴りかかろうとしたが、寛蔵が必死で止めた。

「ご主人、私からも謝りますので、どうかお許しください。信郎は私が雇っていた者、私の不手際でもございます。今回の件、うちが弁償させていただきたく思います」

郁之助は寛蔵を屹度《きっと》睨み、信郎を指差した。

「私はこの男に弁償してもらいたいのだ！　そうでなければ腹の虫が収まらない。それに寛蔵さんは、こいつを蔵にしたんだろう？　雇い人でもない者を庇《かば》う必要などない。そうだろう、女将さん」

凄い剣幕で訊ねられ、お咲は言葉に詰まるが、気丈に答えた。

「はい。弁償しなければならないのは、やはり信郎さんでしょう」

郁之助は再び寛蔵を睨んだ。

「仲裁してくれる者がそう言っているんだ。寛蔵さんではなく、この男に払ってもらう」

お咲は郁之助を真っすぐ見つめ、はっきり言った。

「簪代の五両ということで、いいですね」

郁之助は信郎の住まいを眺め回し、少し考えてから答えた。

「いいだろう」

下手にそれ以上要求すると、返せなくなると思ったのだろう。上乗せせず、五両で手を打つことにしたようだ。

お咲は三人の前で、昨夜作った証文をもう一度広げた。それを静かに読み上げ、信郎に念を押した。

「返すことは本当にできそうですか」

信郎は伏せていた目を上げ、大きく頷いた。

「はい。身を粉《こ》にして働き、必ず郁之助様にお返しいたします。逃げたり隠れたりなんてことは、決していたしません」

　はっきり言うと、信郎は郁之助に向かって、深々と一礼した。

　郁之助は顔を強張らせて、信郎を睨んでいる。

「ちゃんと返さなかったら、ただではおかないぞ」

「はい。その時はどうぞ奉行所に訴え出られて、私を裁いてください」

「そうしよう。……それからな、お前はお紺に懸想していたというが、もう決してお紺には近づくな。分かったか」

　郁之助の強い口調に、お咲と寛蔵も肩を竦める。郁之助がお紺の名前を呼び捨てにしたのは、自分のほうがお紺と近しいと信郎に思わせ、威嚇《いかく》するためだろうか。

「はい。誓います」

　信郎は頷き、項垂れた。

　郁之助の願いで、証文にはそのことも書き加えた。信郎は今後、お紺に決して近づいてはならぬ、と。

　各々に署名と捺印をもらってひとまず仲裁は完了となり、お咲は郁之助と寛蔵とともにその場を後にした。

帰り道、お咲は二人に感謝の言葉を告げられた。

「しっかりした証文を作ってくださって、ありがたかったです。さすが元公事師でいらっしゃいますな」

郁之助の怒りはだいぶ収まったようで、言葉遣いも口調ももとに戻っている。お咲は答えた。

「昔取った杵柄《きねづか》ですよ。でもよかったです。皆様に納得していただけて」

だが内心、信郎が気懸かりだった。真に辛い思いを抱え、反省しているであろうことが、伝わってきたからだ。

「いや、立派なお裁きでした。あとは、信郎がちゃんと払っていけるかですな」

言いながら、寛蔵が足を止めた。お咲と郁之助も立ち止まる。お咲が訊ねた。

「どうなさいました」

「ええ。……もし、信郎がどうしても返すことができない月には、私が立て替えますので、仰ってください」

お咲は郁之助と顔を見合わせる。寛蔵は続けた。

「証文の上では厳しく取り決めましたし、郁之助さんは納得されないかもしれませんが、万が一の時には私があいつの代わりになるということです。それは、信郎を雇っていた者としての責任です。なんせ、うちで働いている時に、あいつは問題を起こしたのですから。お願いです、それぐらいはさせてください」

お咲と郁之助に向かって、寛蔵は頭を下げる。郁之助は、寛蔵の肩に手を置いた。

「分かりました。それでいいことにしましょう」

「ありがとうございます」

寛蔵は顔を上げると、お咲を見た。その目は微かに潤んでいるかのようだ。

「信郎は、悪い奴ではないんです。妙に純情なところがあるので、思い詰めてしまったに違いありません。さっきの誓いの言葉も、決して嘘ではないでしょう。だからどうか、返済が終わるまで、見守ってやってください」

寛蔵はお咲にも頭を深く下げる。お咲は優しく語りかけた。

「もちろんです。今日お会いして、私も信郎さんの人となりが分かりました。信じようと思います」

寛蔵は大きく頷き、目をそっと擦った。雲の切れ目から晴れ間が覗き、どこからか鶯《うぐいす》の啼《な》き声が聞こえてきた。

七

梅がすっかり見頃となり、早咲きの桜もちらほらと蕾《つぼみ》がほころび始めた。如月の半ばを過ぎると、春の彼岸の時季になる。

お咲が牡丹餅《ぼたもち》を作っておやつに出すと、お玉は嬉々として頬張った。

「おっ母さんが作る牡丹餅は最高ね」

お玉が口元につけた餡《あん》を、お咲は指でそっと拭い、自分の口へと運ぶ。お玉のこのようなところは、まだ幼くて愛らしい。

「ゆっくり食べなさい」

お咲に笑顔で言われ、お玉は頷く。銀二は手で摑んで、むしゃむしゃと二口で食べてしまった。

指についた餡を舐《な》め取る亭主を眺め、お咲は頰を膨らませた。

「もう、お前さんったら。もう少しお行儀よくできないの？」

「旨いもんってのは、こうして食うのがいいんだ」

銀二は相変わらずの仏頂面で、二つ目を摑んで頰張る。お玉は父親を見て、笑った。

「お父つぁん、本当に美味しそうに食べるわね」

銀二は、二つ目も二口で食べてしまう。お咲は少々呆《あき》れつつも、お玉につられて笑みを浮かべた。

お彼岸の中日《ちゅうにち》には、店で出す小鍋も工夫して、精進鍋《しょうじん》にする。魚や貝などを使わずに作るこの鍋は、意外にも人気があるのだ。

昆布で丁寧に出汁を取り、春菊や大根、豆腐、榎茸、飛竜頭《ひりょうず》（がんもどき）、麩を煮込み、醬油と酢と柚子の搾り汁を合せたタレで食べる。あまり汁にタレを溶かして雑炊にしてもまた乙である。

精進鍋を求めてお客たちが集まり、よろづは昼から活気がある。

「魚がなくても充分に旨えよ！」

「さっぱりしているようで、飛竜頭がよい旨味を出している」

「女将さん、これも定番の品書きにしてくれない？」

「はい、考えておきます」

お咲は元気よく応対しながら、小走りで板場と行き来する。銀二も仏頂面ながら、お客たちをしっかりもてなす。愛想よく微笑もうとすると、よけいに怖い面持ちになることがあるので、銀二は無理をしないのだ。


昼餉の刻が終わる頃には、お玉は手習い所から帰ってきている。三人で小上がりに座って精進鍋を味わっていると、戸が少し開かれた。お咲が首を伸ばすと、覚えのある顔が覗いた。郁之助だ。仲裁した日から、十日は経っている。郁之助はお咲たちに向かって一礼した。

「あら、いらっしゃいませ」

お咲が腰を上げて出ていくと、郁之助は目配せをした。

「食事中、すみません。ちょっと話があるので、外に出られませんか」

「うちの二階でもよろしいですよ」

「いえ……外のほうがいいです。すぐに済みますので」

郁之助の眼差《まなざ》しから思いを汲み取り、お咲は頷いた。

「分かりました。外に行きましょう」

二人で通りに出て、戸を閉めた。

晴れた空の下で見ると、郁之助は妙にさっぱりとした面持ちだった。信郎や寛蔵と揉めたという訳ではなさそうだ。

近くの稲荷に行き、真っ白な花をつけた辛夷《こぶし》の木の下で、お咲は郁之助と向かい合った。郁之助はお咲を真っすぐに見た。

「手数をかけましたが、あの訴えの件、取り下げようと思います」

お咲は目を瞬かせた。

「信郎さんには、簪代を払ってもらわなくてもいいということですか」

郁之助は首をしっかり縦に振った。

「はい。そうです」

お咲がその理由を訊くと、郁之助は溜息をついて答えた。

「お紺さんに完全に振られてしまったので、もう彼女に関することは一切忘れたいのです。簪を送ったことも」

あれからすぐ、郁之助は正直なことを文に書いて、今度は手代《てだい》に届けさせたという。

文には、このように記した。近々、会う機会を持ちたい。そして直接、贈り物を渡したい、と。

すると一昨日、お紺からの返事が届いた。文には短い文章が書かれていた。嫁ぐことが決まった、と。

「相手は、青山の百姓とのことです。お紺さんは文に、私は郁之助さんには相応《ふさわ》しくありません、などとも書いていました。……でもそれって、身を引いているようで、体《てい》の良い《い》断り文句ですよね」

郁之助はこめかみを掻きながら、苦い笑みを浮かべる。お咲が答えに迷っていると、郁之助は辛夷の花に目をやりながら腕を組んだ。

「相手のことが気になったんで、手代を使って調べてみたんです。水呑み百姓ではなく、なかなか広い田地を持っている本百姓だったので、お紺さんにとっては、まあよかったのかもしれません。……仕方ない。諦めます」

郁之助は懐から証文を取り出し、お咲に差し出した。

「これはお返しいたします。今から長谷屋に行って、寛蔵さんにも私から話しておきます。……ですが、信郎には女将さんから伝えていただけませんか。私の口からは、どうも話しにくいので」

郁之助の顔が微かに曇る。その気持ちが、お咲にも分かった。

「かしこまりました。お任せください」

「お忙しいところ、頼ってしまって本当に申し訳ありません。お礼は必ずさせていただきますので」

お咲は笑みを浮かべ、手を横に振った。

「そのようなことは決してお気になさらず。お気持ちだけで充分です」

「ですが、それでは」

お咲はやんわりと遮った。

「信郎さんからも証文を回収してしまって、よろしいですか」

「あ、はい。お願いします」

お咲は笑顔で頷いた。

話が終わると、郁之助は大きな辛夷の木を見上げ、呟いた。

「なにやら、やるせない」

お咲もつられて、目をやる。白い花をたくさん咲かせたその姿は、木が白無垢《しろむく》を纏《まと》っているかのようだ。

木漏れ日が差したからだろう、郁之助は目を細め、指でそっと擦った。

八

信郎は日雇い仕事を始めて昼間はいないようなので、お咲は店を仕舞った後で会いにいくことにした。

お咲は一人で行こうと思ったが、銀二が付き添うと言ってきかないので、お玉も一緒に三人で向かった。

円《まる》い山吹色《やまぶきいろ》の月が輝く夜、両親に挟まれて歩きながら、お玉は嬉しそうに飛び跳ねた。

「夜のお散歩も素敵ね」

お玉の右手を引きながら、銀二が苦笑する。

「お前は呑気《のんき》でいいな。今からおっ母さんが乗り込むっていうのに」

「あら、話をしにいくだけよ。乗り込むなんて、人聞きの悪いこと言わないで」

お玉の左手を引きながら、お咲が頬を膨らませる。

「どちらでもいいわ。楽しいから」

両親に左右から手を握られて、お玉は足を浮かせてぶら下がる。わーい、とはしゃぐ娘に、銀二は眉を八の字にした。

「おい、お玉。重くなったな」

「好き嫌いなく食べているものね」

お咲が相槌を打つと、お玉は澄ました顔で愛らしい声を響かせた。

「おっ母さんが作ってくれる料理は情が籠《こも》っていて滋養たっぷりだから、私の躰も育つのよ」

お咲は顔をほころばせた。

「また早熟《ませ》たことを言って。でも嬉しいわ」

親子三人、笑い声を響かせながら、月の下を歩いていった。

長屋に着くと、お咲は銀二とお玉には外で待っていてもらい、信郎の家へと上がった。彼と向き合うと、お咲は頭を下げた。

「突然お伺いしてしまって、ごめんなさい」

「いえ、ご遠慮なく。……あの、お返しする日は月末ですよね」

取り立てにきたとでも思ったのだろう、信郎は不安そうな面持ちだ。

「返済をお願いするために伺ったのではありません。……もう返済しなくてよくなったということを、伝えに参りました」

「は？」

目を皿にする信郎に、お咲は郁之助の件について話した。耳を傾けながら、信郎の面持ちが徐々に強張っていく。

「そういう訳で、郁之助さんのご意向で、信郎さんはもう弁償なさらないでいいとのことです。証文も破棄しますので、お返しいただけますか」

お咲が優しく問いかけるも、信郎は真摯な面持ちで答えた。

「それでは申し訳が立ちません。やはり払います。愚かなことをしてしまった、私が悪かったのですから。郁之助さんにそうお伝えください」

信郎は証文を返すことも拒んだ。その頑《かたく》なな様子を見ながら、お咲は思った。

——信郎さんは実直な人だわ。文を捨ててしまったのは、やはり一時の気の迷いだったのね。それにしても、お紺さんって凄い女《ひと》だわ。自分はその気もなかったでしょうが、信郎さんと郁之助さんを、ともに惑《まど》わせて。

お咲は姿勢を正した。

「信郎さんのお気持ち、郁之助さんにお伝えして、もう一度話し合ってみます。双方の申し出を考慮しつつ、それから再び相談したく思いますが、それでよろしいでしょうか」

「はい。お願いいたします。……すみません。私は意見を言える立場ではありませんのに、我儘《わがまま》を申し上げてしまって」

お咲は首を横に振った。

「そんなことありません。信郎さんの真のお気持ちが分かって、よかったです」

結果を再び伝えにくることを約束して、お咲は信郎の家を出た。そして、長屋の木戸の近くで待っていた銀二とお玉のもとに向かった。

九

翌日にお咲が信郎の意向を伝えても、郁之助は納得がいかないようだった。

「こちらが払わなくてよいと言っているのに、どうして素直に受け取らないのだ」

お咲は肩を竦めた。

「おそらく、信郎さんは良心の呵責《かしゃく》を感じているのでしょう。信郎さんは信郎さんで、郁之助さんの仰っていることに納得がいかないのかもしれません。お互いに、相手の気持ちを分かろうとしなければ、歩み寄ることはできないと思うのですが」

郁之助は溜息をつき、黙ってしまう。お咲の言うことにも一理あると思ったのだろう。

お咲はどうにか二人を、歩み寄らせたかった。

「この件につきまして、改めて、仲裁したいと思います。その時はうちの二階に集まっていただけますか」

「承知しました」

郁之助の返事を聞くと、お咲は郁野屋を後にした。

店に戻ると、小上がりに座って一息ついた。日が差す窓をぼんやりと眺めつつ、さてどのように裁くかを考える。

――郁之助さんも、信郎さんも、男としての矜持《きょうじ》があるのでしょうね。頑として譲らない感じだわ。

頭を悩ませていると、階段を駆け下りる音がして、お玉が現れた。

「おっ母さん、お帰りなさい。ねえ、あやとり少ししましょうよ」

お咲は苦い笑みを浮かべた。

「帰ったとたんに、あやとりに付き合えというの？　我儘なんだから」

すると板場から銀二が出てきて、お咲に熱いお茶を出した。

「いいじゃねえか。お玉は今あやとりに夢中なんだ。少しぐらい付き合ってやれ」

湯呑みに手を伸ばし、お咲は銀二を軽く睨んだ。

「お前さん、お玉には甘いんだから」

お玉はお咲に引っつくように身を寄せて座り、にっこり笑った。

「あら、お父つぁんはおっ母さんにだって、牡丹餅みたいに甘いじゃない」

お咲は吹き出した。

「なによ、牡丹餅みたい、って」

銀二は腕を組み、眉間に皺を寄せる。

「お玉、それを言うなら、蜂蜜《はちみつ》みたいに甘い、のほうがいいかもしれねえ」

「あら、お前さんが、そんな洒落《しゃれ》たことを言うなんて。お天道様《てんとうさま》が西から出て、東に沈むんじゃないかしら」

大袈裟《おおげさ》に目を見開くお咲をちょいと睨んで、銀二は板場へと引っ込んだ。母と娘は微笑み合う。

二人になると、お咲はお茶を啜りつつ、お玉とあやとりをした。麻糸を指に絡ませ、交互に次々と、橋や川、船、田圃、鼓と形を作っていく。母親と遊べて、お玉は嬉々としていた。

「おっ母さん、あやとりってやっぱり楽しいでしょう？」

「そうね。この歳になっても」

お咲も笑顔で答える。お玉は指を動かしながら言った。

「お祖父ちゃんは、あやとりは苦手みたいだけれど」

「お祖父ちゃんは男だから、あやとりがどうして楽しいかも、分からないのかもしれないわ。あやとりは、女の子の遊びだから」

「そうか。女の子のそういう気持ちが分からなくて、お祖父ちゃんでも、こんがらがったのね」

糸を器用に指で掬《すく》うお玉を、お咲は見つめた。

――そうか。女人の気持ちが分からなくて、二人とも、こんがらがってしまったんだわ。

お紺はおそらく、病がちの母親の傍《そば》にいて支えてあげたいと願い、実家に戻り、その近くの者に嫁ぐことを決めたのだろう。

だがお紺は自分の思いをはっきり言わなかったので、信郎はこんがらがってしまったのだ。

それは郁之助も同じだったのではなかろうか。

糸が絡まるように、信郎も郁之助も心がこんがらがった。それは繊細ということでもあろう。

お咲がぼんやりと考えていると、お玉が言った。

「でも、こんがらがっても、解《ほど》けたら真っすぐな一本に戻るわ」

「そうね」

相槌を打ちながら、お咲は思った。男たちの繊細な心が起こした揉め事を、双方の矜持が傷つかぬよう、その絡まりをどうにか解いてみたいと。

十

それから三日後の、昼餉の刻の後、郁之助たちによろづに集まってもらった。信郎と寛蔵もいる。

小上がりに座った三人に、お玉がお茶を運んだ。

「どうぞ」

礼儀正しいお玉に、郁之助たちは目を細める。お玉は恭《うやうや》しく一礼して下がった。

「愛らしいうえに実にしっかりしていますね」

「お咲さんの躾《しつけ》の賜物《たまもの》でしょう」

郁之助と寛蔵が口々に言う。お咲は笑顔で肩を竦めた。

「あれで結構、口達者なんですよ。こちらが、たじたじになってしまうほどに」

「ほう、おっ母さんに似たのかもしれませんな」

寛蔵が目を見開くと、笑いが漏れる。

空気が和んだところで、お咲は三人に、裁きを告げた。

「弁償の件についてですが、双方のお考えもあるでしょうから、こう取り決めたいと思います。口入れ屋である郁之助さんが、信郎さんにお仕事をご紹介してあげてください。そのお給金の中から、信郎さんは郁之助さんに少しずつ返すことにしましょう」

一息に言い、お咲は信郎を見つめた。

「信郎さん、その代わり、もう決してお仕事を放り出したりしては駄目ですよ。次は奉行所行きになるかもしれませんせん」

信郎は背筋を伸ばし、頷く。だが、暗い面持ちで、声を絞り出した。

「とてもありがたいお裁きですが……私のような者が、郁之助様のお世話になっては申し訳ありません」

郁之助は信郎を見やった。

「遠慮しなくてよい。仕事は決まったのか」

「日雇いでの仕事はしていますが」

「毎日ある訳ではないだろう。心細くはないのか」

信郎は黙り込んでしまう。郁之助は軽く咳払いをした。

「私としてはお前さんに、しっかりと落ち着いて働いてほしいのだ。でないと、返してもらえなくなるからな」

「絶対にお返しします。でも……仕事を恵んでいただくのは、やはり」

郁之助は信郎の肩に手を置いた。

「誤解するな。お前さんには、私の仕事を手伝ってほしいと言っているんだ。私が紹介する仕事に就いてもらうということは、すなわち私を手伝うことになるからな」

信郎は黙って郁之助を見つめる。郁之助は微笑んだ。

「お紺さんに振り回された者同士、まあ、分かり合えるのではないだろうか」

信郎は目を潤ませ、頷く。

「もう決して、愚かなことはいたしません」

お咲は信郎にもう一度訊ねた。

「では私の裁きを、受け入れていただけますね」

「はい」

信郎は真摯な面持ちで答えた。お咲は、今度は郁之助を見た。

「信郎さんはこの裁きを納得してくださったようです。郁之助さんは如何ですか。……お訊きしなくても分かりますが」

郁之助は、ふふ、と笑みを漏らし、眉を少し掻いた。

「いいでしょう。快く受け入れます」

郁之助と信郎、それぞれの矜持を傷つけることなく、絡まりを解くことができたようだ。お咲も頬を緩めた。

郁之助は信郎に穏やかに言った。

「お前さんは足が速いだろうから、それを活《い》かせるような仕事を紹介しよう」

「ありがとうございます。……こんな私を許してくださって。恩に着ます」

郁之助の懐の深さが分かったからだろう、信郎は涙ぐむ。

「お前、よかったな」

寛蔵も思わずもらい泣きだ。信郎は皆の前で、しっかり働くことを約束した。落着したところで、お咲は、少しお待ちくださいと言って、腰を上げた。すぐに戻ってきて、三人に椀を出した。昼餉でお客たちに振る舞った、蜆《しじみ》で作った深川鍋のあまりに、素麺《そうめん》を入れたものだ。

「よろしければお召し上がりください」

「遠慮なくいただきます」

三人は声を揃え、匂いを吸い込んでから頬張り、相好を崩した。白く細い、糸のような素麺を、郁之助や信郎たちはつるつると食べる。

「深川鍋の味に、素麺って合うんですね。とても旨いです」

感嘆する信郎に、郁之助が話しかける。

「女将さんは裁きだけでなく、料理も実に上手いのだよ」

「どちらも上手だなんて、器用でいらっしゃいます。この料理を味わえて、幸せです」

信郎はようやく笑みを見せ、汁をずずっと啜り、少し噎《む》せた。

「大丈夫か。慌てて食うな」

郁之助が信郎の背中をさする。そのような二人を、お咲だけでなく寛蔵も、安堵の面持ちで眺めていた。


後日、郁之助が報《しら》せにきた。彼は信郎に、仕出し屋の働き口を紹介したそうだ。

「出前料理を届ける仕事です。先方は腹を空かせて一刻も早く届けてほしいのだから、足が速い信郎には、これに越した仕事はないと思いまして」

お咲は顔を明るくし、手を打った。

「まあ、それは素敵！　お客さんが食べたい料理を運ぶお仕事は、幸せを届けることでもありますもの」

「女将さんの言葉、信郎に伝えておきます。あいつ、喜びますよ」

「応援しているともお伝えくださいね」

郁之助は頷き、笑顔で帰っていった。

その翌日、郁之助と寛蔵から、饂飩粉《うどんこ》と魚の干物が、大きな箱いっぱいに送られてきた。文も添えられ、二人からの心ばかりのお礼と記されていた。

お咲は端《はな》からお金は受け取らないと拒んでいたので、品物にしたのだろう。お咲は恐縮するも、銀二は干物を一つ一つ確かめ、腕を組む。

「干物で作る鍋も旨えからな。これならお客さんにも出せる」

「粉もお店で使えるわね。お饂飩もすいとんも作れちゃう」

お玉も無邪気にはしゃいでいた。


その夜、お玉を寝かしつけると、お咲は銀二に酌をしながら言った。

「お紺さんって、どんな女《ひと》だったのかしら。会ってみたかったわ」

銀二は黙って酒を啜る。お咲は、亭主のいかつい顔を覗き込んだ。

「お前さんも、気にならない？　先月は魔性の猫に、今月は魔性の女に、それぞれ惑わされた人々の仲裁をしたって訳ね。ねえ、お前さんだって、魔性の女に興味はあるでしょう？　正直に答えて」

銀二は盃を持つ手を止め、お咲をぎろりと睨んだ。肩を竦めるお咲に、低い声で囁《ささや》く。

「俺はお前とお玉だけで、女はもうたくさんだ」

その時、お玉が寝返りを打った。目を覚ましたのかと思いきや、寝息を立てている。枕元の有明行灯の仄《ほの》かな明かりに照らされて、その顔はにっこりと笑っているように見えた。

第三章　医者の薬に勝るもの

一

弥生《やよい》（三月）三日は、上巳《じょうし》の節句だ。毎年その数日前から、お咲はお玉のために雛《ひな》人形を飾る。男雛《おびな》と女雛《めびな》のみの質素なものだが、お玉は嬉しくて堪らぬようだ。姿勢を正して眺め、寝そべって頬杖《ほおづえ》をついて眺め、時には立ち上がって眺め、様々な角度から見惚《みと》れている。

そして溜息交じりに言うのだ。

「男雛様も二枚目だけれど、女雛様って本当に美人ね」

「そりゃそうよ。お人形は見た目が命ですもの」

手ぬぐいに火熨斗《ひのし》を当てながらお咲が返事をすると、お玉は息をついた。

「私も大人になったら、女雛様みたいになりたいわ」

お咲は、ふふ、と笑みを漏らす。お玉はあどけない頬を膨らませた。

「なれっこないって思ってるんでしょう」

「ううん。お玉ならなれるわよ。……おっ母さんもお玉ぐらいの時、女雛様みたいになりたいって思っていたの。そのことを思い出して、微笑ましくなってしまったのよ」

お玉は頰を緩めて、お咲にすり寄った。

「そういうとこ、おっ母さんと私、やっぱり似てるのね」

「そうかもしれない」

お咲は手を休め、お玉の小さな額をそっと突《つつ》く。お玉は、お咲と雛人形を交互に眺めた。

「おっ母さんは、女雛様に似た感じではあるわ」

「あら、あんなに雅《みやび》でお淑《しと》やかではないわよ」

「お顔の整い方が似ているの。でも、お父つぁんは男雛様にまったく似てないわね」

お咲はまたも笑みを漏らした。

「お父つぁんを男雛様と比べては駄目よ。お公家みたいな姿のお父つぁんなんて、想像できないでしょう？」

「そうね。お父つぁんって、槍《やり》を持って、熊や猪《いのしし》を追いかけているのが似合いそうですもの」

二人で声を上げて笑っていると、戸が開く音が響いた。銀二が仕入れから帰ってきたようだ。階段をどすどすと上がる足音を聞きながら、お咲はお玉と顔を見合わせ、互いに唇に指を当てた。


三日には、お咲は店で、蛤《はまぐり》を使った小鍋を振る舞った。蛤は、上巳の節句を祝う食べ物の一つだからだ。吸い物にすることが多いが、よろづでは小鍋にして出す。弥生三日の蛤鍋を楽しみにしているお客たちも多いのだ。

手習い所から戻ってくると、お玉はお咲を手伝い、夕餉に使う蛤を洗った。

「どうして雛祭りに蛤を食べるのか、去年、おっ母さんに教えてもらったわ」

「そうだったわね。その訳、覚えている？」

「もちろん。娘がよい人と巡り合って、その人とずっと仲よくいてほしいという、親の願いが籠められているのよね」

蛤は二枚貝なので、対になっている貝とはぴったり合うが、ほかの貝とは決して合うことがない。それゆえ蛤には、一人の伴侶《はんりょ》と添い遂《と》げるという意味がある。女人の貞淑《ていしゅく》をも表しているのだろう。

よく覚えていたと思いつつ、お咲はお玉に微笑んだ。

「そうよ。お玉もいい人に巡り合って、その人一途《いちず》で、幸せになってほしいわ」

言いながら、お咲はふと、家を出ていった母親のことを思い出す。母親だって娘の頃は、末永く添い遂げられる夫婦に、憧れていたに違いない。お咲だって、そうだった。

――女は皆、蛤のような夫婦を理想としつつも、実際には、そう上手くはいかないのかもしれないわ。だから、せめてもの願いを籠めて、女子のお祭りの日に蛤を食べるのでしょう。

母親が作ってくれた蛤の吸い物を、ぼんやりと思い出す。お玉が無邪気に笑った。

「私も、お父つぁんとおっ母さんのように、蛤みたいな夫婦になるわ」

その声で我に返り、お咲はお玉を見つめた。お咲の顔に笑みが戻る。

「お玉には、一番近くに、よい見本がいるわね」

「そうよ。おっ母さんが作ってくれる蛤のお料理を食べれば、必ず願いが叶うわ」

「張り切って作らなくちゃ」

お咲が濡れた手で拳を作って掲げると、お玉も真似して、小さい拳を掲げた。また二人で笑っていると、掃除を終えた銀二が、板場の入口でぼそっと言った。

「蛤を洗うのって、そんなに楽しいのか」

「ええ、とっても」

お咲はお玉と声を揃えた。

二

夜に店を開けると、常連客たちが次々訪れ、賑《にぎ》わった。店の中には、花器に生けた桃の切り枝を飾っている。お客たちはそれを眺めながら、小鍋に舌鼓《したつづみ》を打った。

蛤のほか、菜の花、豆腐、平茸、花麩《はなふ》が入った鍋に、おとみは歓喜の声を上げた。

「なんて可愛い鍋なの！　無垢《むく》だった、幼い頃の自分を思い出してしまうわ」

しみじみと蛤を味わうおとみに、孫助がにやりと笑う。

「ほう、姐さんにも、あどけない頃があったんだな」

「誰にだってあるでしょ。孫助さんの幼かった頃って想像できないけれど」

「いや、俺だって可愛かったさ！　紅顔の美男児《びだんじ》なんて呼ばれてよ」

おとみが噎《む》せたので、与兵衛はどさくさに紛れるかのように、その背中をさする。

「姐さん、大丈夫ですかい。孫助さんの冗談、きついっすよね」

孫助は鼻を鳴らした。

「いや本当だ。それは愛らしかったようで、町の人気者だったぜ。でもよ、お前さんなんか、昔も今もそれほど変わらねえだろ」

「いや、あっしなんて、八王子では百年に一人の美稚児《びちご》と呼ばれやしてね。隣の村から見にくる人もいやしたよ」

「けっ、隣村じゃたいしたことねえ。俺なんか、品川中の者たちが押し合いへし合い、見にきたぜ」

与兵衛は武州《ぶしゅう》の八王子、孫助は品川の生まれである。目元を袂《たもと》で拭いながら、おとみが掠《かす》れた声を出した。

「そんなに麗《うるわ》しかった男児たちが、歳を取るとどうして擦《す》れてしまうのかしらね。法《ほ》螺《ら》ばかり吹いて」

孫助は蛤を頬張り、嚙み締めつつ、首を横に振った。

「いや、法螺ではない。貝は貝でも、今宵、俺が口に含むのは蛤だ」

た。

　銚子を既に一本空けている与兵衛が、いい気分で合いの手を入れる。おとみは呆《あき》れつつも憎めないのだろう、二人の間で左右に躰を揺らして、料理と会話を楽しんでいた。

　相変わらずのお客たちを眺めながら、お咲と銀二も顔をほころばせる。よろづが皆の憩《いこ》いの場になっていることが、真に嬉しいのだ。

　食べ終えてすぐに帰っていくお客もいれば、孫助たちのように長居をする者たちもいる。よろづは今宵も、鍋の匂いと、お客たちの活気に満ちている。賑やかな声は、外にも漏れていた。

　戸ががらがらと音を立てて開き、お咲は威勢よく声を上げた。

「いらっしゃいませ！」

　入ってきたお客を見て、お咲の顔から微笑みが消える。清史郎だったからだ。お咲はぎこちなくなってしまうが、おとみは艶《あで》やかな笑みを浮かべて話しかけた。

「清史郎さん。たまにはこちらにいらっしゃいよ。皆で食べましょ」

　おとみは手招きするも、清史郎は床几に腰を下ろした。

「いや、俺はここでいい。そっちは混んでて、皆の邪魔になってしまうんでな」

「あら、遠慮することないのに！　ほら、こうしてどかせば、清史郎さんが座る場所ぐらいあるわ」

おとみは左右に座っている孫助と与兵衛を、押しのける。与兵衛が眉根を寄せた。

「姐さん、つれねえな。……あっしのほうが、清史郎さんより若くて活《い》きがいいってのに」

「男の人は特に、若けりゃいいってもんでもないんだな、これが」

おとみは澄《す》ました顔だ。孫助が軽く咳払いをした。

「じゃあ、俺なんかいいだろ？　熟年の魅力に満ちててよ」

「歳を重ねてりゃいいってもんでもないのよ。年相応の渋さや重みがある人がいいってことで。……ねえ、清史郎さん、こっちへどうぞ」

おとみは声色を変え、清史郎に秋波《しゅうは》を送り続ける。清史郎は苦笑するばかりだ。

「おとみさんの申し出はありがてえが、貴女《あなた》の贔屓《ひいき》のお二人に悪いんで、またの機会にしよう。それに今日は、孫に渡したいものがあるんでな」

おとみは、はっとしたように手を打った。

「そうだ、今日は上巳の節句だもの！　清史郎さん、お玉ちゃんの顔を見にきたのね。ごめんなさい、気がつかなくて」

素直に謝るおとみに、清史郎は不器用に微笑んだ。

「いや、謝るのは俺のほうだ。厚意で言ってくれたのに、すまねえ」

「お互い気にするのは、やめましょ。でも清史郎さん、今度一緒に呑みましょうね」

おとみに笑みを返され、清史郎は、是非、と答えた。おとみは、根はさっぱりした性分なのだ。

料理と酒が運ばれ、銀二の酌で清史郎が一杯干した頃、お玉が階段を駆け下りてきた。

「お祖父ちゃん、お待ちしてました！」

薄桃色の着物を纏《まと》ったお玉が、清史郎のもとへと飛んでいく。雛祭りの日、おめかしした孫娘を眺め、清史郎は目尻を下げた。

「お玉、似合っているな」

「本当？」

お玉は満面に笑みを浮かべて、清史郎の隣に座る。銀二とお玉に挟まれた清史郎を、ほかのお客たちも温かな眼差しで見ていた。

孫助たちはゆっくりと味わい、あまった汁に饂飩《うどん》を入れて〆《しめ》た。郁之助と寛蔵からもらった粉で作ったものだ。雑炊にするのもよいが、蛤の旨味が溶け出た汁には饂飩も実に合う。

おとみは唸った。

「お鍋って最後まで美味しく食べられるから、好きよ。よろづで出してくれるのは、躰《からだ》にもよさそうだしね」

「そういや、あっし、ここに通うようになってから風邪もあまり引かなくなりやした。鍋って躰にいいんすかね」

与兵衛が相槌を打ったところで、早々と食べ終えた孫助が、お咲に言った。

「それで、俺も折り入って女将さんにお願いがあるんだ」

お咲は、おとみと与兵衛と、目と目を見交わす。おとみは、今宵は座敷がないので、長居している。お咲は孫助に答えた。

「はい。どういったことでしょう」

「俺の大工仲間の耕作《こうさく》って奴が、医者と揉めてるらしく、困っちまってるんだ。その医者が許せねえみたいで、どうしても話をつけたいと」

おとみはお咲を見て、笑みを浮かべた。

「それで女将さんに再び中に立ってもらって解決してほしい、ってことね」

「いいじゃねえっすか！　女将さん、また一肌脱いで差し上げれば」

皆の目がお咲に集まる。お咲は、清史郎をちらと見た。孫助たちは声が大きいので、話は聞こえているだろうが、清史郎はお玉と仲よく喋っている。

銀二と目が合い、小さく頷かれた。お咲は姿勢を正し、孫助を見た。

「まずは耕作さんから、詳しいお話を聞いてみましょう。お引き受けするか否かを決めるのは、その後でもよろしいでしょうか」

「女将、ありがてえ！　聞くだけ聞いてやってくれ。耕作、それだけでも、気が楽になるかもしれねえからな」

孫助は安堵したような笑みを浮かべた。明後日、昼餉の刻が始まる少し前に耕作を連れてくると約束して、孫助はおとみと与兵衛と一緒に帰っていった。

店が少し静かになった頃、清史郎も腰を上げた。お玉は祖父に、丁寧に礼を述べた。

「お祖父ちゃん、素敵な贈り物、本当にありがとうございました。大切にします」

「うむ」

清史郎とお玉は、微笑み合う。お玉は今宵も銀二と一緒に外へ出て、清史郎を見送った。

店を仕舞うと、お咲はお玉に、清史郎から贈られたものを見せてもらった。水色の帯と、絵草紙三冊だ。帯には、ところどころに、白や薄紅色の鳥の刺繍《ししゅう》がしてあり、派手ではないが質がよいものだと一目で分かった。

嬉々としてはしゃぐお玉に、お咲は言った。

「調子に乗って、お祖父ちゃんにねだるようなことをしては絶対に駄目よ。素敵な贈り物を喜ぶ気持ちは、おっ母さんも分かるわ。でもね、お玉。本当に喜ぶべきことは、贈り物をしてくれた相手の、その心遣いよ。それを忘れないようにしなさい」

「はい、おっ母さん」

お玉は真摯《しんし》な面持ちで頷く。お咲はお玉には言わなかったが、心の中で父親の懐《ふところ》具合を慮《おもんぱか》っていた。

――公事師の頃の蓄えが少しはあるにしたって、寺子たちの束脩《そくしゅう》や謝儀《しゃぎ》だけでは贅沢できるはずはないもの。……それでもうちにはよく来て、お勘定もきちんと払ってくれるけれど。

清史郎の少し翳《かげ》りのある横顔を思い出し、お咲は小さな溜息をついた。

湯屋に先に行き、戻ってきてから夕餉をゆっくり味わった。蛤の鍋に、雛あられも添えると、お玉は手を叩いて喜んだ。

三人でささやかなお祝いをした後、お咲は枕元に水色の帯と絵草紙を置いて、寝《やす》んだ。

男雛と女雛の傍らには、桃の花の切り枝を花器に挿して飾っている。花びらが重なり合うように咲くので、梅より華やかで、桜より愛らしく見える。お玉と桃の花を交互に眺めながら、お咲は銀二に言った。

「元気に育ってくれていて、なによりね」

「お玉は躰も心も健やかだからな」

「思いやりがあるわよね」

銀二は何も言わず、お咲を見る。その眼差しに銀二の心を汲んだ。

――私にも、もっと思いやりを持って、お父つぁんに接してほしいと思っているのでしょうね。

お咲も無言で甘酒に口をつけた。どうしてか、微《かす》かにほろ苦く感じる。銀二がぽつりと言った。

「引き受けた公事は、しっかりやれよ」

「一緒になる時、お前さんは板前を、私は公事師を捨てたつもりだったのにね。どうして、またこんなことになってしまったのかしら」

銀二は腕を組み、眉間に皺を寄せた。

「うむ。運命《さだめ》、なのかもしれねえな」

亭主の強《こわ》い面持ちを眺めながら、お咲は思わず笑ってしまう。

どうやら銀二は、お咲が公事を引き受けることに、反対する気持ちはさらさらないようだ。それが分かり、お咲の心は幾分落ち着く。まだ少し躊躇《ためら》いはあるものの、揉め事を解決して人の役に立つことは、お咲にとって遣《や》り甲斐《がい》があった。

三

約束の日、孫助は耕作を連れて、昼餉の刻の少し前によろづを訪れた。

孫助は耕作を紹介し、二人揃って頭を下げた。

「女将、忙しい時に、すまねえ」

「いいですよ。仕込みは、ちゃちゃっと済ませてあるから。さ、二階に上がってください」

「よろしくお願いします」

耕作はまたも深々と礼をする。孫助は、腕を組んで眺めている銀二にも声をかけた。

「話は手短に済ませるんで、ちょいと失礼する」

「開店に間に合うよう、お願いします」

銀二はぶっきら棒に言って、凝りを解《ほぐ》すように首を回した。

二階の殆ど使っていない部屋で、お咲は二人と向かい合った。耕作は大柄で、顔色はそれほど悪くはないが、やや浮腫《むく》んでいるように見える。お咲が口火を切った。

「孫助さんから少しお話を伺いました。どこか具合が悪かったのですか」

耕作は頭を搔いた。

「俺も孫助さんと同じく、独り身でしてね。まあ、俺の場合は、女房とは単に別れたんですが。倅《せがれ》も所帯を持って独立しまして。独り暮らしの気楽さで、好き勝手に呑み食いしていたら、それが祟《たた》っちまったみたいで」

「胃ノ腑が悪くなったのですか」

耕作は首を少し傾《かし》げた。

「時々、むかつきはありますが、それほどでもありません。医者にかかったのは、腰と膝の痛みに耐えられなくなったからです」

「ああ、なるほど。お仕事柄かもしれませんね」

お咲は納得するも、耕作は神妙な面持ちになった。

「俺もそう思っていたのですが、その医者は、食べ物が悪い、食べ方を変えて痩《や》せろと言いましてね。俺の躰の痛みは、肥《こ》えていることが原因だと」

お咲は耕作をまじまじと見た。大工だけあって逞《たくま》しい体軀《たいく》をしているが、肥え過ぎているということはない。だが顔はやはり少し浮腫んでいるように見えた。

「それで、減量されたのですか」

「いえ、なかなか痩せないのです。医者に言われたとおりの食事を続けていたんですがね」

溜息をつく耕作に、孫助が話しかけた。

「お前、本当に医者の言いつけを守ってたよな。涙ぐましいほどに。お前が呑み食いを改めるなんて、よほど腰や膝が痛かったんだろう」

耕作は苦々しい面持ちで頷き、孫助に答えた。

「ああ、そうだ。医者の言うことにも一理あると思ったんだ。確かに好き放題呑み食いした次の日に、痛みは増していた。そりゃ躰が重くなりゃ、腰や膝に負担はかかるよな。だから、ここはひとつ我慢して、本気で痩せようと思ったのさ」

「なのに痩せられないと」

「うむ。言われたとおりにしても痩せられねえと医者に訴えても、怒られるばかりでよ。私の言いつけを守って効き目がなかった患者など今までいない、本当はもっと食べているんだろう、って言われた」

お咲は眉根を寄せ、訊《たず》ねた。

「ほかの医者に診てもらおうとは思わなかったのですか」

耕作は項垂《うなだ》れた。

「思いましたが、その医者は結構評判がよかったので、信じていたんです。腰痛の薬も出してもらっていたのですが、そちらもあまり効き目がなくて。それを言うと、薬はすぐに効くとは限らない、暫《しば》く続けることが肝心だ、と言われまして。でも、続けても改善されることはなかったです。飲んでから少しの間は効くのですが、すぐにまた痛みがぶり返してしまって。なのに、どうしてかその薬がまたほしくなるというか、頼ってしまって」

「それでその医者のもとに通ってしまったと」

「はい。言われたんです。薬を信じて飲み続ければ、必ず治る、と」

「なんというお薬だったのですか」

「桂枝湯《けいしとう》と細辛湯《さいしんとう》です」

どちらもなかなか値が張るものだという。

腰と膝の痛みを治したくて、藁《わら》にも縋《すが》る思いで医者のもとに通ったが効き目はそれほどなく、払った治療代が三両（およそ十八万円）を超えて、さすがに耕作は怒ったそうだ。

「医者の言うことを守って、出された薬を飲み続けたのに、ちっとも痩せないし、痛みもなくならない。それどころか、言われたとおりの食事をしていたら、よけいに具合が悪くなってきまして。朝、なかなか起きられないし、元気は出ないし」

耕作はまたも溜息をつき、眉間を揉む。浮腫みがあると思ったのは、お咲の勘違いではないようだ。

「どのような食べ物を薦められていたのですか」

「だいたい、朝餉は、飯二杯、味噌汁、納豆、漬物。昼餉は、握り飯三つに漬物。夕餉は、飯二杯、味噌汁、佃煮《つくだに》か干物、漬物。酒は一合まで。よけいなものは食わず、質素に済ませろと言われてました」

お咲は耕作を見つめる。一般的な江戸の男の食事とも思われるが、何かが耕作には合わなかったのだろう。孫助がまたも口を挟んだ。

「お前、それまで飯はもっと食ってたもんな。……女将さん、こいつ、それでも減らしたほうなんだよ」

「ええ。減らし過ぎて、お仕事に力が入らなかったのではありませんか」

耕作は眉を掻いた。

「慣れない頃は、倒れそうになったこともありました。でも、腰が痛いのと空腹、どちらを我慢できるかっていったら、空腹のほうがまだマシでして。それで耐えていたら、いつの間にか慣れちまいました」

お咲は首を傾げた。

「その量で痩せないというのも、不思議ですね」

「俺だって不思議です。それまで、寿司、天麩羅《てんぷら》、饂飩、蕎麦、鰻《うなぎ》、軍鶏《しゃも》、饅頭《まんじゅう》、煎餅《せんべい》と、好き放題食っていたのですから。あ、もちろん酒もたっぷりと。なのに、どうしてそんな質素な食事に変えても、減らなかったのかと」

耕作も首を捻《ひね》る。

「納得できませんよね」

「そうなんです。今までの薬礼を考えると腹が立って仕方がありません。その医者、良玄《りょうげん》というのですが、弁償してもらいたいのです」

お咲は眉根を微かに寄せた。

——良玄という医者、どうも曲者《くせもの》のような気がするわ。言い立てたところで、ちゃんと弁償するかしら。

そのような懸念が浮かんでくる。

耕作は真摯な面持ちで、お咲を見つめた。

「薬礼を全部とは言わないが、半分は返してほしいんです。それが俺の願いです」

孫助も姿勢を正した。

「女将、どうか耕作の願いを叶えるべく、間に立って話し合ってくれねえか。ほかの医者にかかりたくても、耕作は今、金がなくてできねえみてえなんだ。薬礼は高《たけ》えからな」

お願いしますと、二人揃って頭を下げる。お咲は少し考えを巡らせ、答えた。

「分かりました。やってみましょう」

耕作と孫助は顔を上げ、弾んだ声を響かせた。

「ありがとうございます」

障子窓から、麗《うら》らかな日差しが注いでいる。お咲は二人に微笑んだ。

階段を下りると、ちょうど店を開ける頃だったので、孫助と耕作は昼餉を注文した。

お咲は手際よく用意して、出した。

湯気が立つ小鍋を見て、耕作は、おおっ、と声を上げた。

本日の品書きは、鰆《さわら》と蕪《かぶ》の小鍋だ。昆布と鰹節から丁寧に取った出汁で、蕪は葉っぱも丸ごと使って作る。ほかには椎茸《しいたけ》と豆腐が入っている。

耕作は目尻を下げた。

「こういう料理を食うの、久しぶりだなあ」

お咲は一応、訊ねた。

「召し上がっても大丈夫ですよね？」

「もちろんです。もう、良玄先生には診てもらってませんので」

「では、ごゆっくり、どうぞ」

耕作は待ち切れぬといったように、玉杓子《たまじゃくし》で椀《わん》によそい、真っ白な蕪にかぶりついた。熱かったのだろう、手で口を押さえて目を白黒させるも、よく嚙んで呑み込み、破顔した。

「蕪から出汁が染み出してくるねえ。硬過ぎず、柔らか過ぎず、最高の歯応えだ」

「さっくりと嚙み切れるところが絶妙だな。とろとろ過ぎると歯応えがなくて物足りねえんだ」

孫助も合いの手を入れ、二人はもう箸が止まらぬ。音を立てて行儀悪く食べる耕作を、お咲は微笑ましい思いで眺めていた。

お客は次々に入ってきて、お咲は銀二とともに忙しく立ち働いた。

耕作は汁一滴、米粒一つ残さず平らげた。料理を絶賛し、お咲に礼を述べて、孫助と一緒に帰っていった。

店をいったん仕舞うと、お咲たちも昼餉を取ろうとしたが、帰っているはずのお玉の姿が見えなかった。

「どこに行ったのかしら」

外へ見にいこうとしたお咲に、銀二が声をかけた。

「ちょっと用があると言って、さっき出かけた。すぐに戻るってさ」

「友達に会いにいったのかしら」

お咲は首を傾げつつ、昼餉の用意を始める。ご飯をよそっていると、戸が開く音が響いて、お咲は急いで板場を出た。

「お玉、どこに行っていたの？　あら、それは」

お玉はにっこり笑って、両手に摑《つか》んだ黄色い花を差し出した。

「ごめんなさい。蒲公英《たんぽぽ》を摘んできたの。この時季になると、お稲荷さんの近くの道端に咲いているから」

お咲もつられて微笑んだ。

「可愛いわねえ。水に挿してあげようか」

「お願い！　二階のお部屋に飾りたいの」

「いいわよ。部屋がぐっと明るくなるわ」

お咲は花器に水を注ぎ、蒲公英を挿した。お玉はそれを受け取ると、水をこぼさぬように気をつけながら、二階へ上がった。

昼餉は小上がりで済ませることが多いが、お玉が蒲公英を飾ったので、それを眺めながら二階で食べることにした。

程よく煮えた蕪を味わい、お玉は目を細める。

「とても優しい味わいね」

「胃ノ腑の調子が悪い人には、いいかもしれないわ。……そういえば、耕作さんもこの鍋を喜んでくれたし」

「耕作さんって、お客さん？」

お玉が首を傾げる。お咲は、耕作から持ち込まれた依頼について、掻《か》い摘《つま》んで話した。

銀二はあまり汁をご飯にかけて掻っ込みながら、訊ねた。

「それで、引き受けるのか？」

「やってみましょう、って言ってしまったから。でも、果たして医者が素直に非を認めるかしら。良玄さんって人、一癖ありそうだし」

溜息をつくお咲を、お玉は目をくりくりとさせて見た。

「おっ母さんならできるでしょ。猫の揉め事も、文の揉め事も、どちらも解決して、感謝されたのですもの」

「うむ。訴えた人と、訴えられた人を、どういう訳か仲よくさせたからな」

銀二が相槌を打つ。猫の一件の後では、訴えた時蔵たちと訴えられたお留は、猫を介して家族ぐるみの付き合いをするようになった。文の一件の後では、訴えた郁之助と訴えられた信郎は、雇い人と雇われ人として信頼関係を築いていっているようだ。たまに二人で、あるいは寛蔵も交えて、食べにきてくれることもある。

彼らを思い浮かべつつ、お咲は首を傾げた。

「今度はどうかしら。耕作さんと良玄さんを仲良くさせることは、できないような気がするけれど」

銀二は苦笑した。

「毎回毎回、同じようにはいかねえだろう。しかし、話を聞くに、その医者、滋養についてあまり分かっていないようだな。米ばかり食うと、体質によっては逆に肥ることがある」

銀二は板前の修業を積んだだけあり、食材が持つ効き目なども、なかなか詳しいのだ。お咲はゆっくりと頷いた。

「やっぱり、そうなのね。あのような食事は、耕作さんの躰に合っていなかったんだわ」

「それに加えて、漬物や佃煮や干物がお菜じゃ、塩の摂《と》り過ぎだ。だから浮腫んでいたんだろう」

「ああ、なるほど。それで耕作さんは、この鍋がやけに美味しいと感じたんだわ。出汁を丁寧に取った薄味のものを、久しぶりに食べたから」

お咲は手を打つ。お玉は好物の豆腐に舌鼓を打ちながら、無邪気に口を挟んだ。

「そういえば、お祖父ちゃんも言っていたわ。お祖父ちゃんがうちの店によく来るのは、うちのお料理を食べるようになって、体調がよくなったからなんですって」

お咲はお玉を見つめる。お玉は続けた。

「よろづの小鍋を食べると、疲れが取れて、よく眠れるそうよ。だからお祖父ちゃんは、ここに通っているの」

無言になったお咲に代わり、銀二がお玉の頭を撫でた。

「よいことを教えてくれた。料理もそうだろうが、お祖父ちゃんは、お玉にも会いたくてうちに来ているんだろう」

「そうね。おっ母さんにもね」

お咲が、お玉を再び見る。少しの間の後で、お玉ははっとしたように、付け加えた。

「お祖父ちゃんはもちろん、お父つぁんにも会いたくて来ていると思うわ」

お咲は銀二と、目と目を見交わす。お咲は、くっくっと笑うも、銀二は仏頂面で腕を組む。お玉は肩を竦《すく》めて汁を啜り、円い目をくるりと回した。

四

良玄が果たして話し合いの時間を作ってくれるか否か、お咲は懸念していた。だが、耕作はどうにか取りつけたようで、孫助とともに報《しら》せにきた。二日後の夜、場所は良玄の診療所とのことだ。

「女将さん、都合はよろしいでしょうか」

「お店を仕舞った後でなら、大丈夫です。診療所はどちらでしょう」

「伊勢町《いせちょう》です」

「ならば、それほど離れてませんね。しかし、良玄さんはよく話し合いを承知しましたね。のらりくらりと躱《かわ》すのではないかと思っていました」

孫助がにやりと笑って、親指で耕作を差した。

「こいつと俺で、診療所に行って騒いだんだよ。話し合いしなくちゃ、奉行所に訴え出てやる、ってね。いい加減な治療をしているって、診療所の前で喚《わめ》いてやる、ともな」

「まあ、そこまでしたのですか？」

お咲は目を丸くする。耕作は頭を掻いた。

「そうでもしなくちゃ、女将さんが言ったように躱されてしまいそうだったので。そこまでやって、良玄もさすがに渋々と承諾しましたよ」

「という訳で、女将、よろしく頼む」

二人に見つめられ、お咲は背筋を伸ばした。

「かしこまりました。しっかりとお話し合いをさせていただきます」

耕作と孫助は満足げに頷き、当日は迎えにくることを約束して、再び昼餉を注文した。昼餉の刻にはまだ少し時間があるが、お咲は料理を出した。

今日の品書きは、青柳《あおやぎ》と旬野菜の小鍋だ。青柳つまりはバカ貝の剝き身のほか、分葱《わけぎ》、独活《うど》、三つ葉、豆腐が入っている。

「くううっ。唸っちまうほど絶品だ」

旬の野菜がたっぷり入った、味噌仕立てでコクのある味わいの鍋を、耕作は夢中で突く。

「独活は酢味噌でしか食ったことがありませんでしたが、鍋で食べても旨いもんですね」

「あっさりと淡泊だから、青柳の旨味がよく染み込んでるな。噛むと、その旨味がじゅわっと口の中に溢れ出す」

橙色《だいだいいろ》の青柳はこりこりとした歯応えで、仄かな甘みがある。孫助が額を叩いた。

「ああ、酒がほしくなっちまって、いかん」

「まさに！　この店には、夜に来るべきかもしれない」

孫助は、音を立てて食べる耕作を一瞥《いちべつ》した。

「夜に連れてきてもいいが、呑み過ぎるなよ。まあ、ここはお銚子二本までの決まりだから、大丈夫か」

「そうなんですか、女将さん？」

耕作が目を見開く。お咲は頷いた。

「夜にいらっしゃっても、耕作さんには一本しか出しません。医者にもそのように言われていたのでしょう？　お躰のことを慮って、一本までとさせていただきます」

「いやあ、厳しいですなあ」

　耕作が肩を竦めると、孫助はその肩を勢いよく叩いた。

「お前の躰のことを考えてくれているんだ。嬉しいじゃねえか！」

　痛かったのだろう、耕作は眉根を寄せて苦い笑みを浮かべた。


　二日後の夜、約束どおり、耕作と孫助がお咲を迎えにきた。お咲は、銀二とお玉に留守番をしていてもらうつもりだったが、二人ともついていくと言ってきかないので、結局、五人で向かうことになった。

　だいぶ暖かくなった夜風に吹かれながら、提灯を手に提げ、掘割に架かる中ノ橋を渡る。お玉は夜の散歩が嬉しいのか、今宵も両親に手を握られ、満面に笑みを浮かべている。

　お咲たちを眺めつつ、耕作が感心したように言った。

「銀二さんって、強《こわ》い顔をしてるのに、女将さんと娘さんには優しいんですねえ」

　その口調があまりにしみじみとしていたので、孫助が声を上げて笑う。お咲とお玉もつられて笑う。銀二は唇を尖らせた。

月が川面《かわも》に映り、朧《おぼろ》に揺れていた。


良玄の診療所に着くと、端女《はしため》に居間に通され、そこで話をすることになった。銀二とお玉には今宵も外で待っていてもらう。

お咲は耕作と孫助に挟まれ、良玄と向かい合った。齢《よわい》五十ぐらいだろうか、顎髭《あごひげ》をたくわえ、抜け目がなさそうな男だ。お咲は軽く深呼吸をして、一礼した。

「私が間に立たせていただくことになりました、咲と申します。よろしくお願いいたします」

「話は聞いています。元公事師でいらっしゃって、今は小鍋屋の女将さんとのことですな。なかなか珍しい経歴の女人だ」

良玄は顎髭を弄《いじ》りながら、お咲を眺める。

「父親が公事師だったので、手伝っていたのです」

「なるほど。で、揉め事を解決しにいらしたと。しかし揉め事など別にありませんが」

お咲は、右隣にいる耕作を見る。耕作は目を剝き、良玄を睨《ね》めた。

「あるじゃないか！　あんたに言われたとおりの食事を続けて、高い薬を飲み続けたのに、痩せもしねえし、痛みだって前より強くなっちまった。どうしてくれるんだ」

だが良玄は薄ら笑いで、腕を組んだ。

「まあ、落ち着きなさい。前にも言ったが、食事法も薬も、人によって効き目が様々なんだ。同じ薬でも、早く効く人もいれば、段々と効いてくる人もいる。貴方《あなた》は後者のほうなのだろう」

耕作は膝の上で拳を握って、語気を荒らげた。

「あんたはいつも、効き目はゆっくり現れることがあるから続けるのが肝心だと言って、俺をここに通わせたよな。でも、ちっとも効かなかったじゃねえか。つまりは、あんたの診立てが間違っていたということだ。それは医者の責任になるだろうよ。こちとら三両以上を使ったんだ」

孫助も良玄をぎろりと見た。

「俺もそう思う。医者として責任を少しは取るべきなのではねえんでしょうか」

良玄は眠そうに目を擦って、嗄《しゃが》れた声で答えた。

「まず薬礼の三両についてですが、医者に通ったら、それぐらいはかかりますからな。それに、私の食事指導や、私が作った薬に、何か非があったという証《あかし》はないでしょう？　効かなかったというのは、躰に合わなかっただけのことで、私が罪になるようなことではありませんよ」

良玄の理屈に、お咲は黙ってしまう。言い分は尤《もっと》もで、良玄の罪という証は何もない。耕作は身を乗り出した。

「ああ言えば、こう言いやがって！」

「かっとするのは、やめろ」

孫助が止める。お咲は良玄に率直に言った。

「耕作さんは、せめて薬礼の半分でよいので返してほしいと仰《おっしゃ》っています。ほかの医者に診てもらうにも、お金が底をついてしまったとのことですので。この件、どうか考えていただけませんでしょうか」

良玄は再び顎髭を撫でた。

「ですが、耕作さんは、私が出す薬を求めて、通い続けたのですからな。まったく効いていなかったのなら、もっと早くほかの医者に変えたと思うのですが」

耕作は唇を噛み、うつむく。お咲が答えた。

「耕作さんはきっと、どうしても治したくて、藁にも縋るような思いで、薬を飲み続けたのではないかと」

良玄は失笑した。

「江戸に医者はたくさんいます。効かないと思ったらさっさと見切りをつけて、変えるべきでしたな。それは患者の責任でしょう。ならばこの話、お相子《あいこ》ということでは」

お咲と良玄の眼差しがぶつかる。

——やはりこの医者とは、そう易々《やすやす》と話がつけられないかもしれない。

懸念が、お咲の胸に広がる。耕作が呟くように言った。

「ここの薬は、一時的には効いたんだ。だからまた欲しくなってしまったのは確かだ。でも、必ず痛みがぶり返して、ちっとも改善されなかった」

良玄は苦々しい面持ちになる。

「だからそれは、あなたの躰に合っていなかったってことです。あなたがさっさと私に見切りをつければ、こんなことにならなかったんだ。もう一度言います。あなたの責任でもあるのです」

　お咲は良玄を真っすぐに見た。

「先ほど、お相子と仰いましたね」

「はい。確かに」

「医者の責任が半分、患者の責任が半分ということ。ならば、やはり薬礼の半分は返すべきなのではありませんか」

　お咲の声が、広い居間に凛《りん》と響く。良玄は顎髭を撫でつつ、仏頂面で答えた。

「それはできませんな。生薬《しょうやく》は高いのです」

「高い安いの問題ではねえだろう」

　耕作はまた声を荒らげる。耕作は、良玄が誠意を見せれば、薬礼のことは水に流すつもりだったようだが、相変わらず横柄《おうへい》な態度なので、本気で怒ってしまったのだろう。

　良玄は深い溜息をついた。

「莫迦莫迦《ばかばか》しくなってきました。なんなら奉行所へ訴えてくれてもよいですよ。きっと相手にされないでしょうが」

「なんだ、その言い草は！」

「だから私の落ち度だという、はっきりとした証がありませんでしょう」

「効かなかったってのが証だろうよ」

耕作が良玄に摑みかかりそうになり、孫助とともにお咲も押さえつけて止めた。

お咲は息を少し荒らげながら、声を響かせた。

「お二人の言い分、分かりました。では、このように裁くことにいたしましょう」

皆の目がお咲に集まる。耕作がおとなしくなったので、孫助は羽交《はが》い絞《じ》めにしていた腕を緩めた。良玄も背筋を微かに伸ばす。

　お咲は三人を見渡しながら、続けた。

「これから私と、私の主人が、耕作さんの食事の指導をします。耕作さんに、昼餉と夕餉はうちで食べるようにしてもらいます。そして、うちの料理で、一月《ひとつき》で必ず具合をよくしてみせます。もしできなかったら、良玄さんに払っていただきます。もし耕作さんが治ったら、食事代をすべて、良玄さんに払っていただきます。そしてそれを丸ごと、耕作さんにお渡しいたします。薬礼ほどの金額にはなりませんが、納得していただけるのならば、このように取り決めたいと思います」

つまり、耕作は一月《ひとつき》ただで食事ができるうえ、その食事代の分のお金も、もらえるかもしれないということだ。

耕作は狼狽《うろた》えた。

「で、でも、それでは女将さんが損をしてしまうのでは」

お咲は微笑んだ。

「いいんですよ。私がお引き受けしたことですから」

「いえ、それでは申し訳ないです」

耕作は真摯な面持ちで、首を横に振る。彼の律義さが伝わってきて、それを無下《むげ》にするのは却《かえ》って失礼かと思い、お咲は考え直して言った。

「ならば、こうしましょう。良玄さんから払っていただけましたら、そこから食材にかかった分だけ頂戴《ちょうだい》できますか」

耕作は大きく頷いた。

「もちろんです！　でも、それでもまだ申し訳ないですが」

「そのあたりは、また改めてご相談しましょう。耕作さんと私の問題になりますから」

お咲は耕作に頷き返すと、良玄に目を移した。

「私が申し上げましたこと、ご承諾いただけますか」

良玄は腕を組み、顎を突き出し、笑みを浮かべた。

「貴女が作る料理を一月の間食べて、改善されなかったら、私は一文も払わなくてよいのですね」

「さようです」

「よろしい。やってみてください。料理だけで腰痛などを治すことができるか、お手並み拝見といこうではありませんか」

何が可笑《おか》しいのか、良玄は声を上げて笑う。良玄の挑発にも気持ちを乱すことなく、お咲は証文を急いで作り、良玄と耕作それぞれの署名と捺印をもらった。


良玄の診療所を後にすると、耕作たちと途中まで一緒に帰った。別れる時、耕作は改めて礼を言い、眉根を寄せた。

「なんだか申し訳なくて」

お咲は耕作の肩をぽんと叩いた。

「まだ取り返せるかどうかも分からないので、気にしないでください。とは言っても、あの医者にはいくらかでも払ってもらいたいところ。私の腕の見せ所です」

「いよっ、さすがは、よろづの女将！　頼もしいぜ」

孫助が、宵闇にかけ声を響かせる。

銀二とお玉が目を瞬《しばたた》かせた。

「お前、今度はいったい何をするつもりなんだ」

お咲は舌を少し出して、肩を竦めた。

「帰ったら詳しく話すわ」

「楽しみね」

目尻を下げるお玉に、孫助が言った。

「おっ母さんの話に夢中になり過ぎて、夜更《よふ》かししねえようにな」

「はい。気をつけます」

お玉が元気な声で返事をすると、笑いが漏れて、宵闇が和む。耕作もようやく面持ちを緩めた。

湯屋に寄ってから戻ると、お咲は急いで夕餉の支度をした。今日の鰆を使った小鍋も好評で、鰆はすべてなくなってしまったので、お玉の好物の湯豆腐にする。昆布と鰹節の合わせ出汁で作り、豆腐のほかは芹《せり》と生姜のみ。酒、味醂、醬油で味付けしながら煮て、溶いた卵を回し入れる。この卵湯豆腐、お玉に言わせると絶品とのことだ。

お玉は小さな口いっぱいに頰張り、破顔した。

「幸せなお味。卵もお豆腐も、とろとろで」

銀二も晩酌しながら、箸が止まらない。

「卵は偉大だ」

などと呟きつつ、お咲に訊ねた。

「で、どんな風に話をつけたんだ」

「ああ、今回はね」

お咲は湯豆腐を味わいながら、ゆっくりと話し始める。銀二とお玉も舌鼓を打ちつつ、耳を傾ける。お玉は興味深げに、お咲を見つめていた。

話し終える頃、お咲は銀二を見て、小さく頭を下げた。

「という訳で、儲けにならないようなことを申し出てしまったわ。ごめんなさい」

銀二は盃を干し、息をついた。

「別にいいぜ。お前のことだ、どうせ食材の分も、耕作さんから少なめにもらうつもりだろう」

「やだ、お前さん。どうして分かるの」

目を見開くお咲に、銀二は苦笑した。

「何年一緒にいると思ってるんだ。お前のそういう義に厚くて、お人好しなところ、嫌いじゃねえよ」

「もう、お前さんったら」

お咲は含羞《はにか》むも、お玉がじっと自分を見ていることに気づいて、衿元を直した。

「お玉も何か言うことがあるの？」

お玉はにっこりと笑った。

「お父つぁんとおっ母さんがお熱いところ、私も嫌いじゃないわ」

「また早熟《ませ》たことを言って」

お咲は娘の額を、優しく小突く。お玉は舌をちらと出し、銀二は二人を眺めて笑みを浮かべる。

「俺も力添えするから、耕作さんの躰をよくしてやろう。食べ物の力って侮《あなど》れねえからな。そのことを、医者にも分からせてやろうぜ」

お咲は大きく頷いた。

「お前さん、ありがとう。私も同じ気持ちよ。良玄さんに、耕作さんにちゃんと謝ってほしいの」

「料理代も払ってもらいましょう！　おっ母さん、私もお手伝いするわ」

お玉も妙に張り切っている。お咲は娘の肩を抱き寄せた。

「お玉も手伝ってくれるなら、百人力だわ」

「お料理で躰を治すことのお手伝いなんて、嬉しいわ」

お咲は、お玉をしみじみ眺めた。

「そういえばお玉は、風邪も殆ど引かないわね。うちの人たちは皆、丈夫だわ。ということは……やはり鍋料理は躰によいのかしら」

銀二は空になった鍋を見つつ、顎をさする。

「滋養の釣り合いが取れているんだろう。魚、野菜、豆腐、茸《きのこ》。時には卵。耕作さんに作る時は、味付けは薄くしたほうがいいな」

「そうね。出汁を丁寧に取ることにして、塩や醬油は控え目にするわ」

「おっ母さんが作る小鍋は、それでも充分に美味しいもの」

お玉が微笑む。銀二は手酌で酒を啜った。

「耕作さんは明日から来るのか」

「ええ。八っつぁんと源さん、よい食材を持ってきてくれるといいのだけれど」

お咲は願うような気持ちだった。

五

だが次の日の朝、牡蠣《かき》を持ってきた八っつぁんに、銀二は怒った。

「こんな鮮度が悪い牡蠣なんか仕入れられねえ！」

牡蠣はそろそろ終わりの時季である。八っつぁんは肩を竦めて、銀二の顔色を窺《うかが》う。

「駄目っすかね。一貝一貝《いっぱいいっぱい》、結構重くて、身はしっかり詰まっていると思うんですが」

銀二は牡蠣をいくつか手に取り、確かめて、小さく呻《うめ》いた。

「どれも殻が開いちまってるじゃねえか。触っても閉じねえ。香りだってよくねえ。これじゃ無理だ」

ぎろりと睨《にら》まれ、八っつぁんは項垂《うなだ》れた。

「すみやせん。出直して参りやす」

「おう、そうしてくれ」

牡蠣を桶へと戻し、銀二は前掛けで手を拭く。溜息をつく八っつぁんに、お咲は声をかけた。

「ごめんなさいね。せっかく持ってきてくれたのに」

「いえ、仕方ありやせん。銀二さんのお眼鏡に適《かな》うには、なかなか難しいっす」

「偏屈なのよ、この人」

お咲が軽く睨んでも、銀二はぶすっとしたままだ。お咲は八っつぁんの肩に手を添えながら、見送る。

八っつぁんは盥《たらい》を掲げ、しょんぼりとしつつ店を出ようとして、お咲に言った。

「その銀二さんのお眼鏡に適った女将さんは、さすがってことですね」

お咲は八っつぁんと目と目を見合わせ、くすっと笑った。

八っつぁんは威勢のよい声を響かせ、帰っていった。

「慣れてまさあ！　また来やす」

「懲りずにまたお願いね」

続けて八百屋の源さんがやってきたが、銀二はまたも鋭く看破《かんぱ》した。

「なんだ、この、ひょろひょろの牛蒡《ごぼう》は！　ひげ根だって多過ぎるじゃねえか」

ひげ根が少ない牛蒡は、土がよかった証《あかし》である。源さんは項垂れた。

「出始めで、目新しいかと思ったんですが、駄目でしょうか」

源さんは長芋も持ってきていたが、銀二は煩《うるさ》かった。

「これも痩せ過ぎだ！　ひげ根も多い。アクが多い証だ」

銀二に睨まれ、源さんは肩を落とした。

「すみません。出直してきます」

すごすごと帰っていく源さんを見送り、お咲はさすがに怒った。

「お前さんが断ってばかりだから、今日、使うものがないじゃない！　いったいどうするつもりなのよ」

　お咲ににじり寄られ、銀二は微かに後ずさる。横幅は銀二のほうがずっとあるが、丈は同じぐらいなので、鬼の形相で凄まれると結構迫力があるのだろう。

　銀二は、猛《たけ》る女房の肩に、手を乗せた。

「落ち着けや。今から俺が買い出しにいって、よいものを必ず見つけてくる」

「本当だね、お前さん」

　お咲は銀二を睨《ね》める。銀二は頷いた。

「武士に二言はねえ」

「お前さんは町人でしょうよ」

「俺は仕入れに命を懸けてるからな。武士みたいなもんだ」

「減らず口を叩いてないで、さっさと買ってきておくれ。今日から耕作さんが通ってくるんだからね」

　女房に睨まれ、銀二は前掛けを取り、財布を懐に入れる。店を出る前、ぼそっと呟いた。

「……それもあって、断ったんじゃねえか。下手なもんを食わせたくなくて」

「え？」

「行ってくる」

戸が閉められる音が響く。お咲は土間に佇《たたず》んだまま溜息をついた。

四つ（午前十時）に店を開けると、コクのある匂いにつられるかのように、お客たちが鼻を動かしながら入ってきた。

「もしや今日の鍋は」

徳治《とくじ》とお江《こう》の夫婦も、小上がりに腰を下ろしてそわそわとする。

お咲が運んだ小鍋を覗き込み、二人は歓喜の声を上げた。

「やはり鴨鍋《かもなべ》か！」

「今日来てよかったわ」

徳治とお江は食べる前から目尻を下げ、鍋を箸で突いて、相好を崩す。二人が鍋を褒めちぎるのを聞きながら、お咲は板場のほうをちらと見る。銀二が腕を組んで、こちらを見ていた。

銀二が揃えた食材は、どれも確かだったようだ。お客たちの絶賛がそれを物語っている。

鍋には鴨肉のほか、野蒜《のびる》、椎茸、榎茸が入っている。銀二曰《いわ》く、葱はそろそろ終わりでよいものが手に入らなかったので、似た風味の野蒜を選んだという。鴨から濃厚な味が染み出るので、出汁は昆布のみだ。

それが正解だったのだろう、鴨の旨味と、旬野菜のみずみずしい風味が相俟《あいま》って、お客たちは箸が止まらぬようだ。

お咲が笑みを浮かべて頷くと、銀二は仏頂面のまま板場に戻った。

――朝は勢いあまって怒ったりしたけれど、うちの人は、やはり頼りになるわ。

魚や貝によいのが見つからなかったと、ももんじ屋まで赴《おもむ》き、鴨肉を買ってきたのだ。ももんじ屋で下拵《したごしら》えしてもらったので、お咲は適度な大きさに切るだけで、すぐに料理ができた。

表向きには獣肉食は禁じられているが、庶民の間では特に鴨は好まれている。お客たちは、鴨の脂が滲《にじ》んだ汁を啜り、最高だと口々に言った。

正午を過ぎた頃、孫助と耕作が連れ立って入ってきた。仕事の合間なので、二人とも屋号が染め抜かれた印半纏《しるしばんてん》を羽織っている。

「いらっしゃいませ！」

お咲は笑顔で迎えるが、孫助は頭を掻いた。

「満員みてえだな」

「大丈夫ですよ」

威勢よく返し、お咲は、小上がりにいるお客たちを詰めさせた。

「すみません。ちょっと空けてくださいね」

そして二人を座らせる。耕作は肩を竦めた。

「申し訳ないです。度々、気を遣わせてしまって」

お咲は顔の前で手を振った。

「いえいえ、ちっとも。腕を振るった小鍋を、今お持ちしますね」

お咲は微笑み、板場へと小走りに向かった。


「お待たせしました。はい、どうぞ」

お咲に出された鴨と野蒜の小鍋に、孫助は舌舐めずりするも、耕作は目を丸くして言葉を失った。

「あら、耕作さん、鴨はお嫌いですか」

「い、いえ、大好きです。でも……食べていいんですかね。獣肉を食ったら、肥《ふと》っちまうのでは」

お咲は首を横に振った。

「大丈夫です。うちの人に言わせると、獣肉は適度に食べれば、躰を作る基《もと》になり、躰を動かす力にもなってくれるそうです。耕作さんはお仕事で躰を使うのですから、食べずに痩せるというのは絶対にいけません。お鍋には、鴨肉を適度に、お野菜を多めに入れています。ご飯は小盛り一杯を守っていただければ、この食事でも絶対に大丈夫です」

銀二に言わせると、野蒜には、胃ノ腑を健やかにし、腸の働きを整える効果もあるとのことだ。

耕作は目を瞬かせ、姿勢を正した。

「あ、はい。まさか鴨鍋が食べられるなんて、思っていなかったので。なんだか……よろづでの治療が、楽しみになってきました」

「よろづ診療所、か。こりゃいいや」

孫助が合いの手を入れ、ほかのお客たちからも笑みが漏れる。

小鍋に箸を伸ばし、孫助は唸った。

「鴨葱《かもねぎ》とはよく言うが、野蒜も合うねえ」

「しゃきしゃきの野蒜と鴨を一緒に食うと、堪らないよ。こんなに旨いもので躰がよくなるなんて、夢みたいだ」

耕作は感嘆の息を漏らす。

「なんだい、どこか悪いのを、女将さんの料理で治そうっていうのかい」

話しかけてくる者もいて、ますます賑やかになる。耕作は孫助とともに鴨鍋を味わいながら、皆に経緯《いきさつ》を語った。

湯気が立つ温かな小鍋が、人の輪を繫《つな》げていく。ほかのお客たちからも励まされ、耕作は笑顔で鴨肉を頰張る。お咲は忙しく立ち働きながら、その様子を見守っていた。


夜も、耕作は孫助と食べにきた。お咲はまたも鴨肉の小鍋を出したが、今度は木《き》耳《くらげ》と豆腐《とうふ》も入れて嵩《かさ》を増し、その分、鴨肉を少し減らした。ご飯も小盛りにして、お酒は一合。

耕作は嬉々として頰張り、言った。

「ご飯を減らすとお腹が空くんじゃないかと心配でしたが、そんなことありませんね。満腹になります」

「いろいろな素材を適度な量で食べるのが、よいのかもしれませんね。滋養の釣り合いが取れて、気持ちが満たされるから、お腹も満たされるのでは」

お咲が答えると、孫助が目を見開いた。

「女将、さすがだ。いろんなことを知っているねえ」

「……いえ、まあ、うちの人に教えてもらったんですけれどね」

正直に答え、お咲は舌を少し出した。

六

耕作は真面目に、毎日よろづに通った。本人曰く、誓って間食はしていないとのことだが、それは顔の浮腫みが取れて少しずつ引き締まってきていることからも窺えた。昼は一人で来ることもあったが、夜は大抵、孫助と一緒だった。

通い始めて六日目の夜、耕作はメバルの小鍋に酔い痴《し》れた。昆布とメバルのアラで出汁を取っているので、旨味たっぷりだ。鍋にはメバルの身のほか、韮《にら》、蕪、椎茸、豆腐が入っている。

「上品で淡泊な味のメバルと、癖のある味わいの韮が、実に合うな」

「この出汁がいいねえ。蕪や椎茸に染み込んで。〆も楽しみだ」

耕作と孫助が唸る。

今宵も小鍋を突《つつ》きながら、耕作はほかのお客たちとも楽しそうに話していた。

「あらじゃあ、耕作さんも独り身なのね。まあ、気楽っていえば気楽よね。それとも侘《わび》しい？」

隣に座ったおとみが、耕作に酌をしながら訊ねる。それに口をつけ、耕作は頭を掻いた。

「いえ、女房とは喧嘩別れしちまったんで。侘しいってよりは、気楽かもしれません」

「どうせ耕作さんの浮気が原因なんじゃない？」

「いや、そんな……。それほどでもなかったですよ」

色っぽいおとみに流し目を送られ、耕作は照れつつも嬉しそうだ。耕作が盃を干すと、おとみはまた酌をした。

「どんな女人《ひと》がお好みかしら」

「そうですね。……大人の色香があって、小股《こまた》が切れ上がっていて、それでいて凛としているような」

耕作はおとみをじっと見つめながら、答える。隣にいた孫助が、耕作の肩を勢いよく叩いた。

「おい、ずいぶん理想が高いことを言ってるじゃねえか」

傍らに座っていた与兵衛も、口を挟んだ。

「ふん、お前さんが言ったような女ってのは、年下の男を好んだりするんだよ。若くて活《い》きのいい、あっしみたいな男をね」

おとみを横目で見ながら、与兵衛は胸を叩く。すると耕作は、首を大きく横に振った。

「お若いの、それは違うな。酸いも甘いも噛み分けた熟《う》れた女ってのはな、俺みたいな懐が深い男を好むもんだ」

与兵衛は鼻で笑った。

「お前さん、腰が痛えんだろう？　あっしは腰が強えんだ。腰は男の命だぜ。この腰さえあれば、女は皆、あっしにイチコロよ！」

笑い声を上げる与兵衛に、耕作はあからさまにムッとする。お咲が口を出した。

「はい、そこまで！　それ以上のきわどい会話は、うちでは禁止してますから」

お咲に睨まれ、与兵衛は舌を出して肩を竦める。おとみは呆れたような笑みを浮かべつつ、与兵衛にも酒を注ぐ。与兵衛は一息に干して、目を瞬かせた。二人を眺め、耕作は唇を尖らせる。

孫助は、わはは、と笑いながら、耕作の肩に手を置いた。

「おい。これから出会う女のためにも、腰をしっかり治せよ！」

耕作は眉を掻いた。

「それが、少し楽になってきている。ここの鍋が、俺には合っているみたいだ」

お咲は声を弾ませた。

「あら、それはよかったです」

耕作をじっと見て、おとみも頷いた。

「そういえば、初めてお目にかかった時より、お顔がすっきりして見えるわ。痩せたんじゃない？」

「ええ。無理せずに、減ってきてます。女将さん、そして銀二さんのおかげです」

耕作はいったん箸を置き、お咲に礼をする。お咲は目を細めた。

「私たちも嬉しいです。耕作さんが健やかになるお手伝いをさせてもらえて。でも、どうしてもお腹が空いて我慢できなくなるようなことがあったら、ご相談くださいね。どうしたらよいか、うちの人と考えてみますので」

「ありがとうございます。この調子ならば、大丈夫だと思います。このところ、不思議なほどに、前みたいに耐えられないような空腹を感じないんです。……あの医者の言うことを聞いていた時は、よくありましたが。あの時のほうが、飯を食っていたのに。今は、小盛りでちょうどいいです」

お咲は耕作に微笑んだ。

「量を多く食べればいいというものではないんでしょうね」

「まさに」

耕作は大きく頷き、メバルの旨味が滲んだ汁をご飯にかけて、ゆっくりと味わった。

お客たちの賑やかな遣り取りを、清史郎は床几に座って食べながら聞いていた。銀二が酌をすると、いつものような仏頂面で、ぼそっと言った。

「お咲の奴、メバルを捌《さば》くのが上手くなったな」

銀二の頬が緩む。

「伝えておきます。お咲、喜びますよ」

「……いや、別に伝えんでもいい」

清史郎は匙《さじ》で汁を掬《すく》い、音を立てて飲む。

お咲は小上がりでお客たちの話し相手になりながら、父親と亭主をそっと見やる。銀二が伝えなくても、二人が話していることは、薄《うっす》らと耳に届いていた。

清史郎は、銀二に訊ねた。

「耕作さん、少しずつよくなってきてるみてえだが、薬はもう飲んでないのかい」

「おそらく、やめたと思います」

清史郎は少し考え、また訊ねた。

「なんという薬を飲んでいたのだろう」

銀二は首を傾げ、顎を撫でた。

「二種飲んでいたとのことですが、その一つが確か桂枝湯だったような。もう一つは忘れてしまいました。お咲に訊いておきます」

「うむ。それらの薬、耕作さんの手元にはもうないのだろうか」

「どうでしょう。それも訊いておきます」

「もし持っているようだったら、俺の知り合いの医者に、その薬を調べてもらってもいい。何かおかしいような気がしてな」

銀二は目を瞬かせた。

「どうしてそう思われたんですか」

「いや、俺の勘違いかもしれねえが」

その時、階段を駆け下りる音が響き、お玉が飛び出してきた。蒲公英色の着物の袂を広げて、小鳥のように清史郎へと羽ばたいていく。

「お祖父ちゃん、お待ちしてました！」

愛らしい孫娘を見て、清史郎は厳《いか》めしい顔をたちまちほころばせる。

「お玉、今日も二階で絵草紙を読んでいたのかい。それとも、あやとりをしていたのか」

　お玉は首を横に振った。

「どちらも違うわ。お習字のお稽古をしていたのよ」

「ほう、それは熱心だ」

　銀二が口を挟んだ。

「お玉、手習い所の師匠に、習字が上手だと褒められたんですよ」

「よかったじゃないか。どんな字を書いて褒められたんだい？」

　清史郎に訊ねられ、お玉は微笑んだ。

「自分の名前よ。私の名前って、書きやすいでしょう？　そのように名づけてくれたお父つぁんとおっ母さんに、感謝するわ」

　澄まして言うお玉が可笑しかったのだろう、清史郎も笑みを浮かべる。

「親に感謝するのは、いいことだ」

「お祖父ちゃんにも感謝してるわ」

　清史郎はお玉の小さな頭を、優しく撫でた。

店を仕舞った後、お咲たちは二階で夕餉を取った。今日の鍋も評判がよく、メバルの身がなくなってしまったので、出汁で使ったアラを入れた。メバルはアラも非常に美味しく、アラ汁も名高い。それに饂飩を加えればお腹は充分満たされる。

メバルのアラ鍋を三人で突きながら、銀二はお咲に、清史郎に訊かれたことを話した。

「薬ね。あともう一つは、私も名前を忘れちゃったわ。明日、耕作さんに訊いてみましょう」

「お願いする」

お咲は首を傾げた。

「でも、お父つぁんの知り合いの医者って、誰だろう。公事師をしていた時に、出会ったのかしら」

考えを巡らせるお咲の傍らで、お玉はアラに舌鼓を打ちつつ、口にした。

「私がなにより嬉しいのは、お父つぁんが教えながら、おっ母さんが作った料理で、耕作さんの躰がよくなってきているってことだわ。お父つぁんとおっ母さんの力で、お医者ができなかったことが、できつつあるんですもの」

「あら、そこにはお玉の力だって加わっているわよ。仕込みの時にお手伝いしてくれているんですもの」

お咲が言うと、お玉はいっそう嬉々とした。

「私も力添えできているのね。じゃあ、家族三人で、耕作さんを治しつつあるということね」

「そうだな。乗りかかった船だ。こうなりゃ、耕作さんをすっかり治してやろう」

銀二の言葉に、お咲とお玉は笑顔で頷いた。

七

翌日の昼、耕作が一人でよろづを訪れた。お咲が浅蜊《あさり》と蚕豆《そらまめ》の小鍋を出すと、耕作は嬉々として味わった。ほかには絹さやと豆腐が入っている。

「円《まろ》やかでさっぱりした味わいなのに、浅蜊の旨味が絶妙に利いていて……癒される味ですねえ」

昆布出汁に豆腐の搾り汁と醬油を合わせて作っているので、白と緑の彩りが目立ち、見た目も爽やかだ。

笑顔でゆっくりと味わう耕作を眺めながら、お咲は安堵する。耕作は食べ方も少しずつ変わってきている。姿勢を正して箸を取り、よく噛むようになった。浮腫みも取れ、健やかになっていることが窺えた。

お咲は訊ねてみた。

「あの、良玄さんから出してもらっていた薬ですが、まだ持っていらっしゃいますか」

耕作はいったん箸を止め、答えた。

「一応、持っています。飲んじまうと、飲み続けなくちゃいけないような気になるので、簞笥《たんす》の奥に仕舞っていたんです」

「捨ててなくてよかったです」

お咲は胸に手を当てる。耕作は眉尻《まゆじり》を搔いた。

「高かったので、捨てるにはもったいなくて。いざという時のためにも、取っておきました。腰の痛みでのたうち回るようなことがあれば、飲もうと思いまして」

「では……やはり傍《そば》にあったほうがよいですか。少しの間、預からせてもらいたいのですが」

お咲が事情を話すと、耕作は頷いた。

「そのような訳でしたら、お渡ししますよ。それに腰も背中もずいぶんよくなって、痛みがぶり返すようなことは今のところはないでしょう。あの薬も必要ないってことで、それも女将さんの料理のおかげですよ」

耕作はお咲に、薬を預けることを約束した。


麗《うら》らかな時季となり、桜が満開になって町が色づき、お玉は大喜びだ。

お咲は桜の切り枝を花器に生け、店だけでなく、二階の部屋にも飾った。お玉は手習い所から帰ってくると、頬を緩めて桜を眺めている。

その様子を窺いながら、お咲はふと思いついた。

店の戸に〈花見鍋、はじめました〉と記した貼り紙をすると、お客たちが押しかけた。

「花見鍋って、どんなもんだい」

首を傾げるお客たちに、お咲が小鍋を出すと、皆、目を瞠《みは》った。

「これは、蛸《たこ》を薄く切っているのか」

「なるほど、桜の花びらみたいだ」

お咲は微笑んだ。

「そのままでも、タレにつけても、お好みでどうぞ」

小鍋には薄切りにした蛸のほか、蕗《ふき》、筍、湯葉、花麩が入っている。蛸には桜煮という料理があるほどで、薄く切れば、桜の花びらに見立てることができる。

タレは、干瓢《かんぴょう》から取った出汁と、擂《す》り胡麻《ごま》、醬油、酢を合わせたものだ。干瓢の仄かな甘みで、優しい味わいになる。

お客たちは皆、満面に笑みを浮かべて、店に飾られた桜の切り枝を眺めながら、旬の食材がたっぷり入った花見鍋に舌鼓を打つ。徳治とお江の夫婦も唸った。

「蛸が本当に花びらみたいだ。柔らかくて、実に食べやすい」

「タレもいいお味ねえ。蕗も筍も、しゃきしゃきしていて、新鮮そのもの。血の巡りがよくなりそうだわ」

徳治は、傍を通りかかった銀二を呼び止め、訊ねた。

「この蛸、よく煮えてるねえ。コツがあるのかい」

銀二は目を光らせ、強面に笑みを浮かべた。

「仰るように、蛸の柔らかさに、もっと注目すべきなんです。ただ鍋で煮込んだだけではこうはなりません。塩で揉んで滑《ぬめ》りをよく落とした蛸を、小豆《あずき》と一緒に半刻《はんとき》ほど煮る。そうすることで柔らかくなりますし、色も鮮やかな桜色になるんですよ」

徳治とお江は感心したように頷いた。

「小豆を使うんだね。その一手間が大事なんだ」

「手間をかけて作ってくれたお料理と思うと、いっそう美味しく感じるわ」

お江は汁を啜り、唇をそっと舐める。

花器に挿した桜も、微笑んでいるかのように、艶《あで》やかに咲いていた。


桜の時季が終わり、だいぶ暖かくなった頃、耕作は目方《めかた》（体重）が一貫（およそ三・七五キロ）以上、減っていた。腰と肩の痛みもなくなり、また元気に働くことができるようになった。

顔色はよく、躰は引き締まり、誰の目にも健やかに映る。体調がよくなった耕作を見てもらうべく、約束どおり、良玄のもとへ再び皆で向かうことにした。

八

良玄に指定された日の夜、前と同じ顔ぶれで、診療所へと赴いた。

銀二とお玉には外で待っていてもらい、三人で良玄のもとへと乗り込んだ。

居間で向かい合うと、お咲は声を響かせた。

「申し上げましたように、私どもの料理で、耕作さんの躰を治しました。ご覧のとおり、耕作さんは目方が減り、顔色もよくなって、溌剌《はつらつ》とされています」

良玄は顎髭を撫でながら、むすっとした面持ちで、耕作を見やる。耕作は背筋を伸ばした。

「腰や背中の痛みも消えて、元気に働けるようになりました。あんなに辛《つら》かったのが、嘘みてえです。お咲さんの料理が、ここの薬より遥《はる》かに効いたと、俺の躰が証しました。……約束、守ってもらえますね」

耕作は射るような眼差しで見るも、良玄はのらりくらりと躱した。

「約束？　ああ、そう言えば証文を交わしましたな」

「はい。私の躰がよくなった場合、よろづさんでの一月分の食事代を払ってもらうと」

良玄は腕を組み、顎を突き出した。

「だが、本当によくなったのですかな。食事代ほしさに、偽《いつわ》りを言っていることもあり得ますな」

耕作は身を乗り出した。

「そんな狡《こす》いこと、しませんよ！　よくなったのは誓って本当です。なんなら、でんぐり返しでもしてみましょうか」

良玄は鼻で笑った。

「いえ、結構です。空元気《からげんき》ででんぐり返しをしたところで、今度は腰の骨を折りでもしたらどうするんです」

「空元気じゃねえ！」

かっとして口調が変わった耕作の肩に、孫助が手を置いた。

「落ち着け」

孫助に小声で言われ、耕作は口を閉ざす。お咲は良玄を真っすぐに見た。

「医者ならば、耕作さんの体調が本当によくなったかどうか、分かると思うのですが。姿勢だって、かなりよくなっていらっしゃいます。こちらには証文があるのです。潔《いさぎよ》く約束を守って、食事代を、耕作さんにお渡しいただけませんでしょうか」

良玄もお咲をじっと見て、唇の端を歪めて笑った。

「ですがな、私の目には、私が治療していた時とさほど変わってないように見えますがな。いや、私が作った薬を飲んでいた時のほうが、まだ元気そうでしたよ。今はなんだか窶《やつ》れたように見えます。痩せたのではなくて、窶れたんですよ。滋養が足りていないのでは」

摑みかかろうとする耕作を、孫助が押さえつける。

良玄と眼差しをぶつけ合いながら、お咲は声を低めて訊ねた。

「うちの料理に落ち度があると言うのですか」

「ええ。私の治療に落ち度がある訳がないのでね。私が作る薬がほしくて、どれほどの患者が訪れていることか」

良玄は顎髭をゆっくりと撫でる。お咲は不意に笑みを浮かべた。

「そうそう、その薬の件なのです。貴方が耕作さんに出していた薬を、小石川《こいしかわ》養生所に勤める小普請《こぶしん》医師に調べてもらいました。貴方、少々怪しげな薬を渡していたようですね」

顎髭を撫でる良玄の手が、止まる。顔色が変わったことを、お咲は見逃さなかった。

小普請医師とは武士や町人の病を治療して医術の修行をする者で、小普請の支配に属し三十人扶持を給された幕府の医師職である。

黙り込んでしまった良玄を、お咲は見据えた。

「貴方が耕作さんに渡していた二種の薬のうち、桂枝湯のほうは怪しいところはなかったようですが、問題なのは細辛湯のほうです。あなたはこの薬の正式な名前も、耕作さんに言ってませんでしたよね。正式には、麻黄附子細辛湯《まおうぶしさいしんとう》。麻黄と附子という、強力な生薬を合わせて作っているのです。効き目が強いがゆえに、どちらも危険でもあり、副作用が出やすい。麻黄は中毒性があり、附子は毒にもなる」

良玄は耐えきれぬように目を逸らす。耕作と孫助は息を詰めて聞いている。お咲は続けた。

「麻黄附子細辛湯は、麻黄、附子、細辛の三つの生薬を、すべて同じ分量で合わせて作らなければなりません。ところが貴方は、麻黄と附子を多めにして作って、耕作さんに渡していましたよね。これはどういうことだったのでしょう？　中毒性を高めようとしていたのでしょうか。耕作さんは仰ってました。薬を飲んでも効くのは一時《いっとき》だが、どうしてかまた薬を飲みたくなる、と。附子には痛みを止める効き目があるので、一時は治るけれど、薬が強過ぎて、耕作さんの躰には逆に負担になってしまっていたのでしょう。それでまた具合が悪くなるにも拘《かかわ》らず、再び薬が飲みたくなるのは、多めに合わせた麻黄の中毒性によるものだったのでは？　小普請医師の方は、そう仰っていました」

良玄は顔を青褪《あおざ》めさせ、額に汗を滲ませる。押し黙ってしまった良玄に、お咲はにっこり微笑んだ。

「このこと、問題にしてもよろしいですか？　幕府に関わっている小普請医師がもし貴方を訴えたりすれば、貴方はもう町医者としてやっていけなくなりますよね。まあ、貴方が誠意を見せるのであれば、耕作さんに渡した薬は処方を間違えてしまっていた、で済むかもしれませんが」

良玄は肩を小刻みに震わせながら暫《しば》し目を泳がせ、喉を鳴らして、嗄《しゃが》れた声を出した。

「分かりました。……一月分の食事代、お渡ししましょう」

お咲と耕作、孫助は目と目を見交わす。三人は笑みを浮かべて、頷き合った。


良玄から食事代を受け取ると、お咲たちは診療所を後にした。

「ご苦労さん。どうだった」

近くで待っていた銀二に訊ねられ、お咲は拳を掲げた。

「払ってもらったのね！」

お玉も嬉々として、小さな拳を掲げる。耕作はお咲に深々と礼をした。

「女将さんに薬を預かってもらって、本当によかったです。ありがとうございました」

「いえ、お礼は、うちの人に言ってください。うちの人が……私のお父つぁんに頼んでくれたので」

お咲は銀二に目をやる。耕作も顔を上げ、銀二を真っすぐに見た。

「そうだったのですか」

「ええ。薬がおかしいことに気づいたのは、お義父《とっ》つぁんだったんです。それで、知り合いの小普請医師に調べてもらったそうで」

「清史郎さんにも、きちんとお礼を言いたいです。今回の件では、女将さんのご家族の皆さんに、お世話になってしまいました」

耕作は目を潤ませる。銀二はお咲をちらと見た。清史郎が公事師だった頃、小石川養生所で揉め事が起きた時に仲裁に入り、その小普請医師と懇意になったようだ。

――お父つぁんが力添えしてくれたおかげで、良玄を言い負かすことができたのは確かだわ。……でも、耕作さんの躰を治したのは、私たちよね。

お咲は複雑な思いで、唇を少し尖らせる。素直になれぬお咲に、銀二は苦笑いだ。

耕作が訊ねた。

「あの、よろづさんには、いくらお支払いすればよろしいでしょう」

お咲は銀二と目を見合わせ、微かな笑みを浮かべた。

「最初のお約束どおり、食材のお代だけいただきます」

耕作は目を見開いた。

「い、いいえ、それはいけません！　あれほど美味しい料理を一月も食べさせてもらって、躰まで治してもらったんです。それでは私の立つ瀬がありません」

銀二が口を出した。

「もし気が済まないと言うなら、今後もたまには食べにきてください」

「そうね。それでいいです」

お咲が相槌を打つ。耕作は何度も頷いた。

「はい、もちろん通おうと思っています！　でも、それとこれとは話が別ですし」

押し問答となり、孫助とお玉が三人を見守る。埒《らち》が明かないので、お咲が凛と言った。

「一時のお金より、常連さんが増えるほうが、うちとしては得なんですよ」

耕作は真摯な眼差しで、お咲を見た。

「是非、常連に仲間入りさせてもらいます」

「おう、一緒に通おうぜ」

孫助が耕作の肩を叩く。お咲たちは笑みを浮かべた。

お咲が食材代を受け取ると、耕作はようやく安心したのだろう、面持ちを和らげた。

新月の頃で、月がよく見えぬ晩、五人は提灯を提げて、並んで帰っていった。

九

日中は暑さを感じるようになってきても、小鍋料理は相変わらず人気がある。

お咲は今日も、襷がけに姉さん被り、前掛けの姿で、忙しく立ち働く。

夜の帳《とばり》が下りる頃、掛行灯の明かりにつられるかのように、お客が戸を開ける。

「いらっしゃいませ！」

お咲の元気のよい声が、店をいっそう活気づける。

中に入ってきたのは、孫助と耕作だ。お咲は笑顔で二人を小上がりへと座らせた。

「あら、またお会いしたわね。耕作さんもすっかり常連じゃない」

おとみに話しかけられ、耕作は目尻を下げる。

「ええ。この店、居心地がいいんでね」

既にお銚子を一本空けた与兵衛が、赤い顔で口を出した。

「居心地だけでない！　料理も酒も、女将も主人もお玉ちゃんもお客も、皆、いい！」

「ああ、確かにそうだな」

耕作は素直に同意する。お咲は耕作に微笑んだ。

「少しお待ちください。料理とお酒を持って参りますので」

そして板場へと、小走りに向かった。


お咲に出された小鍋を見て、耕作は頬を緩めた。

蛸の薄切り、筍、薇《ぜんまい》、椎茸、湯葉、花麩が入った、花見鍋だ。

「ここへ来ると、その季節を過ぎても、花見を楽しめるという訳ですね」

耕作は呟きながら箸を伸ばして、筍を頬張り、破顔した。

おとみが悩ましい声で問いかける。

「美味しいでしょう？　蛸と筍って歯応えがまったく違うのに、妙に合うのよね」

「鍋ってのは不思議だな。どんな食材も一緒に煮れば、旨味が溶け合い、引き立て合う」

孫助が合いの手を入れる。与兵衛が訳知り顔で叫んだ。

「じゃあ、鍋って、まるであっしたちみたいじゃねえっすか」

笑い声が起きる。

おとみは、しどけなく耕作に酌をした。

「でも躰が治って本当によかったわね」

盃に口をつけ、耕作は頷いた。

「まことに。……ここに来るようになって、気づいたんです。皆さんと一緒に、楽しく食べたり呑んだりして過ごすことも、躰に効いているのかもしれないと」

皆、微笑みながら耕作の話に耳を傾ける。孫助が頷いた。

「この店、本当に楽しいもんな」

「ええ。なんていうか、心が晴れるんですよ。小鍋の匂いや湯気とともに、心が解《ほぐ》れていくんです」

「そしたら、腰もすっかり解れたって訳か」

孫助が相槌を打つと、またも笑い声が響いた。

花見鍋の匂いにつられて、清史郎も入ってくる。お咲は、いらっしゃい、とぼそっと言って、銀二を見る。

床几に腰かけた清史郎に、銀二が注文を取りにいく。

この前のお礼もまだちゃんと言っていないことが、お咲は自分でももどかしい。

耕作が清史郎に声をかけた。

「清史郎さん、こちらで一緒に呑みませんか」

おとみも嬉々とした。

「そうよ、たまにはこちらにいらして。清史郎さんと一緒に花見鍋を食べたいわ」

清史郎は肩を竦めて笑みを浮かべた。

「おとみさん、両手に花じゃねえか。俺なんかお呼びじゃないだろう」

おとみは、けらけらと笑って、右隣にいる耕作と、左隣にいる与兵衛と、腕を組んだ。

「まさに両手に花！　でもやっぱり清史郎さんが、私の真実の花よ」

おとみははしゃぐが、耕作と与兵衛は複雑そうな面持ちだ。ともに、おとみに気があるからだろう。

おとみの艶やかな誘いに、清史郎は頭を搔くばかりだ。

「いや、俺など枯れた薄《すすき》のようなもんだ」

「そこがいいのよ。向日葵《ひまわり》のような男より、その手の男のほうが色気があって、何倍も私の好みだわ」

「いやあ。おとみさん、奇特な趣味だねえ」

二人がそのような遣り取りをしていると、お玉がまたも二階から駆け下りてきた。

「お祖父ちゃん、楽しそうね！」

小鳥のように飛んできた孫娘を抱き止め、清史郎は今宵も目尻を下げる。

おとみはおとなしくなり、箸を銜《くわ》えて膨れっ面だ。可愛いお玉には勝てぬと、分かっているのだろう。

そんなおとみに、耕作が酒を注ぐ。おとみは、ありがと、と流し目を送り、一息に干す。

清史郎は小鍋に入った湯葉を、お玉に食べさせる。お玉は、熱っ、と言いながら、口を押さえて飲み込み、笑みを浮かべる。

小鍋あつあつ、躰ぽかぽか、今宵もよろづは満員御礼。

第四章　野菜泥棒の涙

一

めっきり暖かくなり、麗《うら》らかな天気の日が多いので、お咲の心も晴れやかだ。卯月《うづき》(四月)といえば、暦の上ではもう夏である。

毎朝、裏口の戸の外に置いてある鉢植えに水をやるのが、お玉の日課だ。どうしても花を育てたいというので、菫《すみれ》の種を買って蒔《ま》いたところ、二十日ほどで発芽して、順調に育っている。

「私、菫が好きなの。可愛いだけでなく、お淑《しと》やかで上品な感じがするでしょう。私も菫みたいな女の人になりたいわ」

朝から早熟《ませ》たことを口走りながら、今日も元気よく手習い所へと出かけていった。

「毎度、魚八です! おはようございやす」

威勢のよい声が響いた。お咲は板場から飛び出し、心張り棒を外す。

「おはよう。さ、入って」

「失礼しやす」

桶を担いで、えっちらおっちら、八っつぁんが入ってくる。土間に下ろしてもらい、お咲は階段へ駆け寄って、二階に向かって大声を出した。

「お前さん、八っつぁんが持ってきてくれたわよ！」

襖《ふすま》が開く音がして、銀二が相変わらずの仏頂面で下りてきた。

「よう、ご苦労さん」

銀二に見据えられ、八っつぁんは今日も緊張しているようだ。肩に力が入っているのが分かる。

「よい鯵《あじ》が手に入りやしてね。如何でしょう」

銀二の顔色を窺《うかが》いながら、おずおずと訊《たず》ねる。

銀二は桶に並んだ鯵を睨むように見つめ、いくつかに触れて確かめていく。エラを捲《めく》り、尻を押し、頭を突《つつ》く。

厳《いか》めしい面持ちで鯵を吟味する銀二を、八っつぁんは息を詰めて見ている。

銀二がへの字にした口を開くと、八っつぁんは微《かす》かに後ずさった。

「今日のはよい鯵だ。ありがとよ」

八っつぁんは目を見開き、頬を緩めた。

「いえ、こちらこそありがとうございやす！　銀二さんのお眼鏡に適《かな》って嬉しいです」

銀二に礼を言われることなど稀《まれ》なので、八っつぁんは目に薄らと涙まで滲《にじ》ませている。

鯵はエラを捲ってみて赤く、尻が締まっているのが鮮度がよい。また頭が小さく、身が厚いのが、脂が乗っていて美味なのだ。銀二はそれらを確かめ、すべて適っていたので、仕入れることにしたのだろう。

お咲も礼を言った。

「八っつぁんのおかげで、よい料理が作れるわ。明日もお願いね」

「へい！　お役に立てて嬉しいっす」

八っつぁんは笑顔で帰っていった。

それから少しして、八百源が野菜を届けにきた。

「すみません。女将さんがご希望の筍がそろそろ終わりになってきていて、あまりよいのがなかったんです。それで、タラの芽と椎茸を持って参りました」

銀二はまたも野菜を睨む。タラの芽を手に持ち、唸った。

「こいつはメスだな」

タラの芽は、棘《とげ》があるのがオス、棘が少ないのがメスと呼ばれる。タラの芽の棘は食べても問題はないし、気になるならば包丁の背でそぎ落とせばよいのだが、やはり少ないほうが料理に使いやすい。つまりはオスよりメスのほうがよいということだ。

銀二は椎茸も手に持ち、傘の開き具合や、湿り気を確かめて、源さんに答えた。

「どちらもよいもんで、ありがたい。仕入れよう」

源さんの面持ちが、みるみる和らぐ。

「銀二さんにそう言ってもらえると、ほっとします」

タラの芽は、葉が少し赤紫色になっているものが鮮度がよい。また葉が若干開いたものが、料理に使いやすい。若い芽は柔らかくて美味しいが、独特の風味に欠けて物足りない。成長し過ぎた芽は、苦みやえぐみが強くなる。成長具合を確かめる目安になるのが葉なのだ。

椎茸は、肉厚で、傘が乾いていて開き過ぎていないもの、匂いがよいものを選べば間違いない。

源さんが今日持ってきたタラの芽と椎茸は、それらの条件に適ったものであった。

銀二に礼を言われ、源さんも嬉々として帰っていった。

静かになった店の中で、お咲は銀二に微笑んだ。

「二人とも喜んでいたわね。お前さんもたまには優しいところを見せるじゃない」

銀二は腕を組みつつ、凝りを解《ほぐ》すように首を回した。

「俺だって、滅多矢鱈《めったやたら》に文句を言ってる訳じゃねえんだ。お前の料理に相応《ふさわ》しいもんを、真剣に吟味《ぎんみ》してんだよ」

「お前さん……本当に頼もしいよ」

お咲が亭主に凭《もた》れかかる。姉さん被《かぶ》りの頭を、銀二はそっと撫でた。

お咲は板場に立ち、包丁を手にした。鯵を三枚におろして、皮から身を剝《はが》す。匙《さじ》で中骨についた身をこそげ取り、すべて合わせて、包丁の刃で叩いて細かく潰す。それを擂り鉢に入れて擂り身にしながら、つなぎとして山芋も加えて一緒に擂り、微塵切《みじんぎ》りにした生姜も臭み消しとして加え、塩と味醂と醬油で味付けしつつ丸めていった。

それを出汁で下茹でして、笊《ざる》にあけておく。

鯵のつみれの小鍋は大いに好評で、昼も夜も賑わった。夜にはなんと、八っつぁんと源さんもお客として訪れた。二人とも、たまに食べにきてくれることがあるのだ。自分たちが売った食材がどのように料理されるか、やはり興味があるのだろう。

お咲は笑顔で二人を迎え、小上がりに座らせた。

おとみは座敷があるので早く帰ってしまい、陣取っているのは男が多い。孫助と耕作、与兵衛も相変わらずいて、小鍋に舌鼓を打っていた。

「はい、お待ちどお」

お咲が鯵のつみれの小鍋を出すと、八っつぁんと源さんは、おおっと目を瞠《みは》った。

「つみれとは、いいじゃありやせんか！」

「タラの芽と椎茸も、見るからに旨そうです」

お咲は二人に微笑んだ。

「おかげさまで、大人気よ。召し上がってみて」

「いただきやす！」

八っつぁんと源さんは胸の前で手を合わせ、小鍋を突き始める。ほかには豆腐も入り、味噌仕立ての小鍋を、二人は夢中で味わった。八っつぁんは、つみれを頬張り、目を細めた。

「ふわふわっすね。つなぎが入ってるって分かりやすが、臭みもなく、鰺の風味が際立っていやす」

源さんは、タラの芽と椎茸に舌鼓を打った。

「しっかりアク抜きしてますね。タラの芽、えぐみもなく柔らかくて、みずみずしいなあ。椎茸は、嚙み締めると、旨味が口の中に溢《あふ》れてきます」

「俺たちが売った食材が、こんなに旨い料理に変わるとは」

「冥利《みょうり》に尽きますね。鰺のコクのある旨味が野菜に、野菜の爽やかな旨味がつみれに、それぞれ溶け込んでいます」

満足げな二人に、孫助が話しかける。

「八っつぁんと源さんには俺たちも感謝してるぜ。いい食材がなけりゃ、いくら女将だって、いい料理は作れねえもんな」

耕作も頷く。

「俺の躰《からだ》がよくなったのは、お二人のおかげでもあります」

「感謝しつつ、されつつ、まあ、ここはひとつ、ともに盃を傾け合おうってことで！」

ほろ酔い加減の与兵衛が調子よく言い、男たち五人、酒を酌み交わす。

「おい、女将！　お銚子もう一本持ってきてくれ。俺はまだ一本しか呑んでねえからな」

孫助が声を上げる。ここではお銚子は二本までと決まっている。

「はいよ！　少々お待ちくださいね」

威勢よく返し、お咲は板場へと小走りで向かう。

お咲が追加の酒を運んだところで、戸ががらがらと開き、お客が入ってきた。

「いらっしゃい」

銀二が低い声を響かせ、出迎える。鋳掛屋《いかけや》の朝吉《あさきち》だ。神田のほうに住んでいるので、常連というほどではないが、たまに、よろづに食べにきてくれる。

朝吉は店を見回して、息をついた。

「混んでるな。座れる？」

「もちろん」

銀二は朝吉を小上がりへと案内し、ドスの利いた声でお客たちを詰めさせ、朝吉を座らせる。朝吉は先客たちに頭を下げた。

「よろしく」

「あ、こちらこそ」

八っつぁんたちと隣り合い、朝吉は礼を交わす。朝吉は小鍋とご飯小盛りとお銚子一本を注文した。

朝吉は齢《よわい》三十三、長屋で女房のお類《るい》と、息子の朝太郎《あさたろう》と三人で暮らしている。鋳掛屋には家で仕事をする者もいるが、朝吉は出かけて仕事を受けている。穴が開いたりヒビが入ったりした鍋や釜、錠前《じょうまえ》などを修理するべく、鞴《ふいご》や鋏《はさみ》や金槌《かなづち》などを持ち歩いて回る、いわば行商人である。朝吉は腕がよいので、仕事も多いようだ。

夏の暑い盛りにこちらのほうを回っていた時、〈冷やし鍋はじめました〉という文句に惹《ひ》かれてよろづに入ったことが始まりで、時折立ち寄るようになった。

お咲が小鍋を運ぶと、朝吉は舌舐《したな》めずりをしてつみれを頬張り、目を細める。

「言葉を失っちまう」

朝吉は目尻を下げて、箸を動かす。

「ごゆっくり、どうぞ」

お咲は微笑み、板場に戻ろうとする。その時、孫助が不意に朝吉に言った。

「朝吉さん、なんか少し元気ねえなあ。寝不足かい？」

「そう言えば、目が少し赤いような」

耕作が相槌を打つ。

与兵衛がおどけて笑いが少し起きるも、朝吉は首を横に振り、箸を置いた。

「昨日、おかみさんと一晩中……だったんじゃねえの？」

「そんなんじゃねえよ。寝不足なのは確かだがな」

「何かお悩み事でも？」

お咲は残り、朝吉に酌をする。朝吉は、どうも、と言って、一息に干した。皆の目が朝吉に集まる。

朝吉は、ゆっくりと口を開いた。

「畑のことなんだ」

朝吉は小さな畑を譲り受け、仕事の傍ら、あくまで趣味で、そこで野菜を作っている。そのことはお咲も知っていた。穫《と》れた野菜を、たまに譲ってくれることもあった。

「朝吉さん、お野菜作るのお上手ですものね。秋にいただいた茄子《なす》、とても立派で、うちの人も驚いてましたもの」

孫助が口を挟む。

「で、その畑で、立派な野菜が穫れなくなったってのか？」

朝吉は首を横に振った。

「野菜は穫れる。だが、畑を荒らされるようになった。近頃、何者かに、野菜を盗まれるんだ」

「野菜泥棒か！」

与兵衛が大きな声を上げたので、ほかのお客と話していた銀二もこちらを見た。

朝吉は頷き、項垂《うなだ》れた。

「初めは気のせいかと思ったが、荒らされた跡が残っていて、盗むのも次第に量が多くなっていく。大根など掘り返されて、すべて持っていかれた。小松菜もやられた。蕪も……。俺、悔しくてよ。仕事の合間に畑に行って、せっせと手入れしてんだぜ。それなのに、無断で持っていきやがって」

お咲は孫助たちと目と目を見交わす。朝吉は、穫れた野菜は売るわけでもなく、家族で食べたり、近所に分けたりしている。それでも盗まれたとなれば悔しいであろうことは、お咲にも分かった。

耕作が訊ねた。

「それで、泥棒は誰か分かったんですか」

「いや、まだ分からねえ。どうしても突き止めてやりたくて、この数日、夜に畑を見張ってたんだ。それで寝不足って訳だ」

木戸が閉まる頃まで見張っていたらしいが、泥棒はなかなか現れないという。

「きっと真夜中に盗んでくんだろうな。夜っぴいて見張ろうかとも思ったけど、仕事があるし、女房にもそこまでするなと言われてよ。いつ盗みにくるか分からねえしな」

「そうだよな。朝吉さんが見張ってる時に現れるとは限らねえよ」

与兵衛が赤い顔で口を挟む。耕作が腕を組んだ。

「毎日、夜っぴいて見張るって訳にはいかないだろうし」

「だが、大根をぜんぶ持っていかれちゃ、頭にきますよね。手入れして育てた野菜を、盗まれる。野菜がぞんざいに扱われたようで、悔しいお気持ち、よく分かります」

八百屋の源さんは、朝吉に同情を見せる。八っつぁんも、怒りを見せた。

「許せねえ。俺が朝吉さんなら、どうしても正体を突き止めて、土下座させてやる」

朝吉は酒を啜《すす》り、息をついた。

「野菜がほしかったのなら、そう言ってくれればよかったんだ。分けてやったのに」

あげるのと、盗まれるのでは、意味は大きく違うようだ。

朝吉は悩み事を話しながらも小鍋を平らげ、あまり汁にご飯を入れて掻《か》っ込んだ。

「本当は蕪が穫れたら、女将さんにも分けようと思ってたんだよ」

「あら、それは残念でした。鍋料理に蕪は、重宝しますから」

真に惜しくて、お咲は溜息をつく。すると朝吉は急に手を叩き、「そうだ、忘れてた」と袂《たもと》から包みを取り出した。微かに、独特の匂いが漂う。

「今朝、大蒜《にんにく》が少し穫れたんで、持ってきたんだ。よかったら使ってくんな」

お咲は目を見開いた。

「まあ、嬉しい！　遠慮なくいただきます。もう大蒜の時季ですものね」

包みを開けて確かめようとすると、源さんも首を伸ばす。お咲は大蒜を手に持ち、源さんに差し出した。

「白くて艶々《つやつや》してるわ。下のほうが大きくて、先のほうが締まってる。重みもあって、大したものよね」

「本当ですね。うちで買い付けたいぐらいです」

源さんも食い入るように見る。銀二もこちらを眺めているので、お咲が手招きすると、やってきた。

「朝吉さんが分けてくれたの。早速、明日、使おうと思って」

銀二は厳めしい顔で大蒜を摑み、睨むように見ながら、鼻に近づけた。

「匂いもいい。明日の鍋も楽しみだ」

八っつぁんが大袈裟に驚く。

「おおっ、銀二さんのお眼鏡に適いやした！」

源さんは朝吉に微笑んだ。

「銀二さんの目利きは厳しくてね。いつも俺たち、泣かされているんですよ」

「そうなのかい。……じゃあ、自信持っていいかもしれねえな」

朝吉は頭を掻く。するといっそう野菜泥棒が許せなくなったようで、必ず突き止めてみせると意気込みながら、帰っていった。

二

次の日、お咲は朝吉から分けてもらった大蒜を使って、料理をした。

昼餉《ひるげ》に、栄螺《さざえ》と大蒜の小鍋を出すと、徳治とお江の夫婦は頰を緩めた。

「やけに芳《こう》ばしい匂いがすると思ったら」

「もしかして、一度炒めたの?」

お江に訊かれ、お咲は笑みを浮かべて頷いた。殻から外した栄螺を、大蒜とタラの芽と一緒に一度炒めてから鍋にしたので、胡麻油の匂いが濃厚だ。大蒜は一片《かけ》を半分の大きさに切っているので、薄切りよりも食べ応えがあるだろう。

汁を啜って一口食べ、徳治とお江は相好を崩す。

「この脂っこさが、いいねえ」

「元気が出てくるわ」

二人とも臭いを気にしつつも、大蒜の旨味が堪《たま》らぬようだ。

銀二に教えてもらい、大蒜には薬効があって、腫物《はれもの》(癌)の予防にもなることを、お咲は知っていた。

栄螺と大蒜は合うようで、この鍋も好評を得た。ご飯が進むお客たちが多かった。


その夜、店を仕舞ってから、お咲たちも栄螺と大蒜の鍋を味わった。

「飯も酒も進む味だ」

銀二が唸る。お玉は栄螺を嚙み締めた。

「栄螺って壺ごと食べるのもいいけれど、外したほうがやっぱり味が染みるわね。お祖父ちゃんもそう言っていたわ」

お咲はお玉を見つめ、問いかけた。

「今日はお祖父ちゃんとどんな話をしたの」

「いろいろよ。お鍋のことでしょ、手習い所であったことでしょ、あと、私が育てている菫のこと！」

「お玉、鉢植えを見せていたよな」

銀二が微笑みかけると、お玉は頷いた。

「お祖父ちゃんに言われたわ。お花を育てるのはいいことだ、咲くのが楽しみだ、って。お祖父ちゃんも盆栽が好きなんですって。……あ、そうだ」

お玉は円い目をくりくりさせて、お咲を見つめる。お咲は首を傾げた。

「どうしたの？」

「お祖父ちゃんも昔からお花が好きだから、おっ母さんに、お咲、って名前をつけたんですって。美しく咲くように、って願いを籠めて。おっ母さん、そのこと知っていた？」

お咲は思わず押し黙る。自分の名に籠められた思いは薄々分かっていたが、その話は初めて知った。銀二もお咲を見つめる。お咲はゆっくりと口を開いた。

「ふうん。てっきり、おっ母さんが私の名前をつけたのだと思っていたわ」

「おっ母さんって、私のお祖母《ばあ》ちゃん？」

お玉がお咲をじっと見る。お咲は言葉に少し詰まった。

「そうよ」

「私、お祖母ちゃんに会ったことないわ。お父つぁんのほうのお祖父ちゃんとお祖母ちゃんはもう亡くなっているでしょう。だから、おっ母さんのほうのお祖母ちゃんも亡くなっていると思っていたの。でも生きてるのよね。お祖父ちゃんがそう言っていたわ」

お玉は澄んだ目で、無邪気に言葉を続ける。何も答えないお咲に、お玉は首を傾げた。

「どうしてお祖母ちゃんは、お祖父ちゃんと一緒に暮らしていないのかしら。お祖父ちゃんに訊いたけれど、教えてくれなかったの。私、お祖母ちゃんにも会ってみたいな」

お咲が厳しい口調で言った。

「お玉、話してばかりいないで、さっさと食べなさい。片付けるのが遅くなるでしょう」

いつもは優しいお咲が怖い顔をしたからだろう、お玉は目を微かに潤ませた。

「ごめんなさい」

無言になり、ご飯を口に運ぶ。急に、しんとしてしまった部屋の中、銀二はお玉に微笑んだ。

「お玉。お祖父ちゃんとお祖母ちゃんは訳があって、離れて暮らしているんだ。お祖母ちゃんは元気だから安心しな。いつかきっと会える」

お玉は顔を上げ、銀二を見る。銀二は穏やかな口調で続けた。

「おっ母さんだって本当は会いたいんだ。それを我慢しているんだよ。おっ母さんの気持ちも分かってやりな」

お玉は潤む目でお咲を見た。

「そうだったのね。よけいなことを言って、本当にごめんなさい」

娘の素直な眼差《まなざ》しが、お咲の心に刺さる。お咲は息をつき、ぎこちなく微笑んだ。

「もう、いいわ。それより、栄螺、美味しかったみたいね」

「とっても」

目をそっと擦《こす》って、お玉も微笑みを作ろうとする。銀二がさりげなく話を変えた。

「そろそろ鰹《かつお》の値段が落ち着いてくるな」

「そうね。八っつぁんがよいものを持ってきてくれたら、使いましょうか」

「初鰹は高いものね」

銀二は娘の言葉に、頷いた。

「そのとおりだ。だから初鰹をわざわざ鍋にして食べようとは、誰も思わない。だが少し経《た》つと、鍋でも食ってみたい、となる」

「私も鰹のお鍋、楽しみ！」

お玉に、いつもの無邪気な笑みが戻る。銀二がお玉の頭を撫でるのを、お咲はぼんやりと眺めていた。


その夜、お咲はなかなか眠れなかった。

お咲は思う。賢いお玉のことだ、清史郎と自分の仲が良好ではないことに、とっくに気づいているはずだ、と。同じく父と娘であるにも拘《かかわ》らず、清史郎とお咲の仲は、銀二とお玉のそれと、まったく違う。どうしてなのだろうと、お玉が思っていても不思議ではない。

――さっきの私の態度で、お玉は薄々察してしまったかもしれないわ。私がお父つぁんと仲がよくないことに、おっ母さんが関わっているのではないかと。

そのことを話してもよいのだが、お玉の歳を考えると、今はまだ早いだろうとお咲は思った。

親子三人、川の字になって寝ながら、お咲の目は暗がりの中で冴《さ》えている。銀二は小さな鼾《いびき》をかき、お玉も寝息を立てている。

横目で二人を窺いながら、考える。

――いつかお玉を、お祖母ちゃんに会わせてあげたい。

自分がお玉と同じ歳だった頃の、母親の面影が浮かび、お咲はまだ眠れそうにもなかった。


翌朝、お咲は棒手振《ぼてふ》りを追いかけて豆腐を手に入れ、それを使って味噌汁を作った。

「わあ、お豆腐のお味噌汁！　大好き！」

お玉は目を輝かせ、嬉々として味わう。お玉の好物を作ったのは、昨夜のお詫びの意味もあった。お咲は、娘に微笑んだ。

「慌てずに食べなさい」

「はい、おっ母さん」

お玉は小さな口に、豆腐を頬張った。


それから数日が経ち、八っつぁんが鰹を持ってきた。銀二は手に取り、睨みつけるように吟味する。

縞模様《しま》がはっきりしている。エラの中も赤い。黒目も澄んでいる。鮮度がよいな。仕入れよう」

銀二のお眼鏡に適い、八っつぁんは小躍りして喜ぶ。

「この鰹、絶対に旨いと思ったんです！　ありがとうございやす」

お咲から代金を受け取り、帰ろうとしたところで、八っつぁんが不意に訊ねた。

「そういや朝吉さんが悩んでた、例の野菜泥棒、まだ見つかってねえんですか」

「どうなんだろう。あれから朝吉さん、何も言ってこないけれど」

お咲が首を傾げる。八っつぁんは桶を担いで、声を低めた。

「野菜が旨そうだから盗んだのか、食いもんがなくて盗んだのか。いずれにせよ、世知辛《せちがら》い世の中ですぜ」

「本当ね。朝吉さん、夜の見張りを続けているとしたら、相変わらず寝不足でしょうね」

「朝吉さんが捕まえたら、どんな奴か顔を見てみたいですわ」

八っつぁんは息をつき、帰っていった。

源さんはよい韮《にら》を持ってきてくれたので、それも仕入れることにした。源さんも朝吉の一件が気になるようで、こんな推測を語った。

「俺はどうも、女が何人かでやったんじゃないかと踏んでいるんです」

泥棒は女の集団だと言うのだ。お咲は首を少し傾げた。

「どうしてそう思うの」

「長屋のおかみさん同士で盗んで分け合ったって考えれば、しっくりくるじゃありませんか。たとえば、女四人で盗みにいって、一人に見張っていてもらって、三人で荒らすという訳です。三人で盗めば、時間もそれほどかからずに済むでしょう。大根や蕪を根こそぎ奪って、女四人で分け合って持って帰り、食費を浮かせていたと。畑の近くの長屋に住む、おかみさんたちがやったことですよ、きっと」

源さんは得意気に、己の勘働きを語る。お咲は銀二と目と目を見交わした。

銀二が腕を組んで答えた。

「まあ、あり得なくはねえな。だが、四人で行動してたら目立つだろう。その付近の誰かが気づいて、朝吉さんの耳にも入りそうだがな」

「朝吉さんが来たら、俺の察したことをお伝えください。泥棒捕縛に、俺も力添えしたいんですよ。手間暇かけて作った野菜を盗むなんて、あまりに失礼ですからね。荒らされた畑だって可哀《かわい》そうだ」

確かに、土だって生きているのだから、手荒に扱うのはよくないだろう。

八百屋の源さんは、作物だけでなく畑への思いもあるようだ。

勘働きを朝吉に伝えると約束すると、源さんは帰っていった。

お咲は、韮、椎茸、焼き豆腐を使って、醤油を多めに砂糖も少々加えた濃い味付けの鍋を作った。これに卵を溶いて回し入れても美味しいだろうが、卵は結構高価なので、今日はやめておく。

鰹は生でも食べられる新鮮なものなので、サクに切り、お客に出す直前に鍋に入れる。半生ぐらいがちょうどよい。

卵を入れなくても、この鍋の魅力はお客たちに伝わったようで、昼餉の分はあっという間に売り切れた。

少し早めに店をいったん仕舞って片付けていると、お玉が手習い所から帰ってきた。

「ただいま！」

なにやら声を弾ませ機嫌がいいので、お咲は訊ねてみた。

「何か楽しいことがあったの？」

するとお玉はあどけない顔の満面に笑みを浮かべた。

「手習い所で兎《うさぎ》を飼い始めたの」

銀二は乾拭《からぶ》きする手を休め、お玉を見た。

「それはよかったな。可愛いだろう」

「よかったじゃない。お玉、兎、好きでしょ」

声が思わず重なり、お咲は銀二と顔を見合わせ、互いに吹き出す。お玉は昂《たかぶ》りつつ、答えた。

「もう、とっても可愛いの。真っ白で、ふわふわで目が赤くて。生まれて一月《ひとつき》ぐらいだから小さいの。お師匠様が、親戚の人からもらったんですって」

銀二が微笑んだ。

「お玉、手習い所に行くのが一段と楽しくなるな」

「ええ。でも、兎が可愛過ぎて、皆そちらに気を取られてしまって、手習いどころではなくなってるわ」

「お師匠様に怒られないようにしなさいよ」

「気をつけます」

お玉は元気よく言って、おでこを、自分の拳でこつんと叩いた。

それからお玉にも手伝ってもらって昼餉の支度をして、小上がりに座って三人で食べた。

「鰹、こうして食べても美味しい。濃い味付けも合うのね」

お玉が目を細める。お咲も、味を確かめ、満足する。

「葱の時季が終わっても、野蒜や韮が活躍してくれるわ。葱と鰹もいいけれど、韮と鰹もいいものね」

「おっ母さん、鰹と大蒜も合うのよね」

「もちろん。鰹の刺身には、辛子や大根おろしを好む人が多いけど、大蒜や生姜の薬味も乙《おつ》な組み合わせよ」

「この前の、お客さんからもらった大蒜、美味しかったわね。お野菜、もう盗まれていないかしら」

朝吉の野菜を盗んだ者については、お玉も気になっているようだ。お咲は源さんの推測をお玉にも話し、銀二に訊ねてみた。

「ねえ、お前さんは、どんな人が盗んだと思う？」

「うむ。俺は、男の二人組だと思っていたが。やはり畑の近くに住んでる者たちだろう。お前はどう思うんだ？」

「私は、男一人でやったことだと見ているわ。それとも、お前さんや源さんが言うように、複数でやったのかしら。盗みは、一人のほうがこっそりできると思うんだけれど」

両親の話を聞きながら、お玉は焼き豆腐を嚙み締めている。銀二が訊ねた。

「お玉、お前は誰がやったと思う？」

口の中のものを吞み込むと、お玉は澄ました顔で答えた。

「ひょっとしたら、子供たちかもしれないわ。そうね。七つから八つぐらいの子供たちが五人ほど集まって」

お咲は銀二と顔を見合わせる。今度はお咲が訊ねた。

「どうしてそう思ったの？」

お玉は箸をいったん置き、お茶を啜りつつ語った。

「まず、盗んだのは夜ではなくて昼なのではないかしら。朝吉さんは夜見張っていたのに、泥棒は現れなかったんでしょう？　ならば昼よ。子供たちが手習い所の帰りに、人がいない畑を見つけて、悪戯《いたずら》で盗んだような気がするの」

お咲は目を瞬《しばたた》かせてお玉を見る。銀二も同じだ。お玉はまた鍋を食べ始める。銀二が唸った。

「子供とは……まったく思いつかなかったぜ」

「確かに、人気《ひとけ》のない小さな畑なら、昼に子供たちが何かしていても、誰も気にも留めないかもしれないわ。まさか……本当に悪餓鬼《わるがき》どもの悪戯だったのかしら」

「朝吉さん、昼も気をつけたほうがいいかもしれねえな」

「伝えたいわね」

両親に見つめられながら、お玉は静かに鰹を食《は》んでいた。

三

夕餉の刻でも、鰹と韮の小鍋は好評を得た。おとみは猫舌なので、いつも熱々の汁にふぅふぅと息を吹きかけて少し冷ましてから啜る。

「ああ、鰹の旨味が溶け出た、濃い目の汁が堪らないわ。この汁をご飯にかけただけでも、何杯も食べられそう。……何かに似ているわね。あ、そうか、ねぎま鍋。鮪《まぐろ》の代わりが鰹で、葱の代わりが韮なのね。それにしても鰹が柔らかいわ」

孫助が相槌を打つ。

「俺も思った。この時季の鰹はそこまで脂が乗っていないはずだが、何故なんだ」

二人に酒を注ぎながら、お咲は微笑んだ。

「ねぎま鍋は鮪の腹身《はらみ》（トロ）を使うので、多少煮てもそれほど硬くならないんです。でも鰹は鮪の腹身ほど脂がないので、さっと煮るのがコツですね。お出しする直前に鍋に入れるようにしています」

「なるほどね。この生煮えの鰹が、舌を蕩《とろ》けさせるのよ」

恍惚《こうこつ》とするおとみに、与兵衛が話しかける。

「初物じゃなくたって、どんな料理にしたって、鰹が旨いことには違えねえっすよね」

「まことに。通は初物ではなく、日が経ったものを好むのよ」

孫助が合いの手を入れる。

「この時季の鰹よりも、秋に獲《と》れる戻り鰹を好む者もいるしな。脂が乗ってて旨い、となﾞ」

「へへ、女だってそうっすよね」

おとみをちらちらと見ながら、与兵衛が言う。鰹を嚙み締め、おとみは微笑んだ。

「新鮮だろうが熟れてようが、つまりは風味がよければいいってことでしょ」

「まあ、そんなこった」

孫助が笑う。

相変わらず賑やかなお客たちを眺めながら、お咲は料理を運び、酌をする。戸が開く音が響き、お咲は威勢よく声を上げた。

「いらっしゃいませ！」

入ってきたのは朝吉だった。浮かぬ顔をしている。

――泥棒がまだ見つからないようね。

お咲は察しつつ、朝吉を小上がりに通す。与兵衛が朝吉をおとみに紹介した。

「こちらが、例の、野菜泥棒に悩まされている御仁《ごじん》ですぜ」

おとみは朝吉に会釈をした。

「お話、聞いています。たいへんねえ」

「あ、いえ。なんだか広まっちまってるようで……参ったな」

頭を掻く朝吉に、お咲が訊ねた。

「本日の品書きは、鰹と韮の小鍋、もしくは湯豆腐小鍋ですが、どちらになさいますか」

少しも迷わずに朝吉は答えた。

「では鰹と韮の小鍋を。ご飯小盛りに、お銚子一本で」

「かしこまりました」

お咲は板場へと走り、手際よく用意して運んだ。

匂いを吸い込み、朝吉は目を細める。お咲の酌で一杯呑み、直ちに鰹に食らいついて唸るも、やはりどことなく覇気《はき》がない。

お咲が訊ねようとしたところで、孫助が先に口にした。

「それで、誰が盗んでいたのか分かったのかい」

朝吉は箸を止め、息をつく。お咲がまた酌をすると、一息に干して、唇を舐めた。

戸が開き、またお客が入ってくる。いらっしゃいと声を上げながらお咲が振り向くと、清史郎の姿があった。清史郎はお咲と目が合うと、不器用に頭を軽く下げ、床几に腰を下ろす。銀二が早速、注文を取りにいった。

お咲は再び朝吉に目を移す。朝吉はゆっくりと口を開いた。

「誰が盗んでいたのか、分かった」

お咲をはじめ、皆、身を乗り出した。

「そ、それで、いってえ誰だったんで？」

与兵衛が食いつく。おとみも興味津々《しんしん》といったように、目を光らせている。朝吉は手酌でまた酒を一杯干し、声を響かせた。

「侍だった。畑の近くに住んでる、御家人《ごけにん》だ」

皆の目が見開かれる。おとみが声を裏返した。

「侍が大根や蕪を盗んでいたっていうの？」

「それは本当っすか」

「貧乏御家人の仕業《しわざ》だったってことか」

与兵衛と孫助も続けて声を上げる。朝吉が頷いたところで、耕作もやってきた。孫助と、ここで待ち合わせしていたようだ。

「いやいや、遅くなってすまない」

謝りながら小上がりに腰を下ろす耕作に、孫助が野菜泥棒の正体について話すと、彼も目を丸くした。

「へえ、侍が庶民のものを盗んでいたっていうんですか。恥ずかしげもなく」

「まあ、内職しながら暮らしている侍もいるとは聞くがな」

孫助の言葉に、耕作は頷く。おとみが訊ねた。

「で、どうしてその侍だと分かったの？　見張り続けた結果？」

朝吉はまた頷いた。

「でも、その侍の仕業だと気づいたのは、俺じゃなくて、息子だったんだ」

皆の目が再び見開かれる。朝吉の息子の朝太郎は、八つとのことだ。

「朝太郎も泥棒に憤慨していたんで、手習い所が終わった後、友達と一緒に畑を見張っていたらしい。子供ってのは単純だからか、俺なんかが気づかないようなことに気づくな。夜に現れないなら、昼間に盗んでいるはずだ、と考えたそうだ」

お咲は目を瞬かせた。お玉も同じようなことを言っていたと、思い出す。

孫助が訊ねた。

「それで、あんたの倅《せがれ》が友達と一緒に見張っていたところに、その侍が現れたって訳だな」

朝吉が答えた。

「そうだ。頭巾《ずきん》を被ってこっそりとやってきて、大蒜を盗んでいった。でも朝太郎たちは声を上げることもなく、その様子を見ていた。そして侍を尾《つ》けていったんだ」

与兵衛はごくりと喉を鳴らした。

「どこに住んでるか突き止めたのか」

朝吉は息をついた。

「ああ。畑があるのは、俺の住んでる長屋とは少し離れていて、下谷《したや》御徒町《おかちまち》の近くだ。御徒町には、御徒衆の組屋敷がある。野菜を盗んでいたのは、御徒衆の侍だったんだ」

お咲たちは目と目を見交わし、言葉を失った。御徒衆とは、将軍が出かける際に徒歩で行列する徒 侍《かちざむらい》の中でも身分が低く、行列の警固や諸雑用にあたる者たちだ。いわゆる下級武士であり、下谷にある組屋敷では朝顔作りの内職が盛んだということは、お咲も知っていた。

孫助は酒を啜って、眉を掻いた。

「御徒衆は内職してるって聞いたことはあるが、そこまで窮《きゅう》してるのか」

おとみが朝吉に酌をする。朝吉は一礼し、盃に口をつけた。

「俺もはじめは信じられなかったが、朝太郎は、組屋敷に入っていくところを見たと言い張ったんだ。それでこの目で確かめようと、俺も仕事の合間を縫《ぬ》って、昼間、畑を見張った。そしたら、本当にやってきたんだ。とっ捕まえて、問い詰めたら、その侍、畑の中で土下座して、泣きながら謝ったさ」

お咲も喉を鳴らした。

「白状したんですね」

「そうだ。夕暮れていく畑の中で、侍から訳を聞いたよ。まあ、野菜を盗むほどに窮していたってことだが、その侍とご新造《しんぞ》さんは朝顔を育てるのも苦手なようでね。内職も成り立たねえらしいんだ。おまけに今は朝顔の時季ではねえしな」

「傘張りでもすりゃいいのに」

与兵衛が口を挟むと、朝吉は苦笑した。

「してるみたいだ。でも、なかなか纏《まと》まった金にはならねえらしい。おまけに七つの娘さんが病がちだそうで、薬礼もかかるんだと」

おとみは肩を竦《すく》めた。

「切羽詰《せっぱつ》まってしまったのかしらね。気の毒に」

孫助は鼻を鳴らした。

「とは言っても、勝手に畑を荒らして、人様の野菜を盗《と》っていくってのは、やはり問題だ」

「そのとおりっす。罪がすべて同情で打ち消されるなら、町奉行所はいりやせんからね」

与兵衛が腕を組むと、耕作が唸った。

「与兵衛さんもたまには正しいことを言うねえ」

「たまには、ってのが一言よけいっすよ」

唇を尖《とが》らせ、与兵衛は酒を呷《あお》る。

皆が笑う中、朝吉は苦々しい面持ちだ。お咲は訊ねた。

「朝吉さんは、その侍を許してあげたのですか」

朝吉は酒をまた一口呑み、答えた。

「侍……津々井《つつい》貫久郎《かんくろう》殿というのだが、俺に土下座して、許してくれと謝った。だが、俺は腹の虫が収まらなかったんだ。自分でも心が狭いと思いつつ、自らが手塩にかけて育てた野菜を盗まれたってことが、なにやら無性に腹立たしくてな」

皆、黙って、朝吉の正直な思いに、耳を傾ける。朝吉は大きな手で額を撫でた。

「津々井殿は、必ず弁償するが、今は金がないからもう少し待ってくれと言った。なんなら、証文を作ってもよい、と。……だが、そういうんじゃねえんだよな。俺としては、金を払ってほしい訳じゃねえんだ。もともと趣味で作っていた野菜で、売るつもりなんてこれっぽっちもなかったし。だけど、盗られっぱなしじゃ納得いかねえっていうか。……自分でも上手く言えねえけど」

朝吉は項垂れる。お咲は、朝吉の言わんとしていることが、なんとなく分かった。

朝吉にしてみれば、食べ物にも窮している津々井に恵んであげてもよいのだろうが、畑を荒らされて断りもなく持っていかれたというのが、腹立たしいのだろう。また、津々井が金で解決しようというのも、しっくりこないのかもしれない。

一方、津々井にしてみれば、自分の罪が明らかになってしまった今、恵んでもらうというのはやはり侍としての矜持が傷つくのではないか。それゆえどうにか金を払うことで、解決しようと考えているのだろう。

皆が押し黙ってしまう中、孫助がだみ声を響かせた。

「ここはひとつ、女将さんの出番じゃねえかい」

「そうよ！　女将さん、揉《も》め事をまた解決してあげて」

「今から小鍋屋よろづ、から公事処よろづ、に変わりますぜ」

「女将さんならば、双方が納得できるように裁いてくれますよ」

おとみ、与兵衛、耕作が続けて合いの手を入れる。きょとんとした朝吉に、孫助がお咲について説明する。お咲はちらと清史郎を見る。清史郎は鍋を味わいつつ、こちらの話を聞いているようだった。

その時、お咲はふと何かを予感した。階段を駆け下りてくる音が響く。

「お祖父ちゃん、こんばんは！」

お玉が飛び出し、今宵も清史郎のもとへと羽ばたいていく。まさに小鳥のように軽やかだ。

お玉は清史郎の隣に腰かけ、あどけない顔に笑みを浮かべる。愛らしい孫娘に、清史郎の仏頂面もほころぶ。お玉は鍋を覗き込んで言った。

「鰹、美味しいでしょう？」

「ああ。舌が蕩けそうだ。だが、韮や椎茸も旨いぞ」

「お祖父ちゃんは、お野菜も好きよね」

「お玉も好きだろう？　米もそうだが、野菜にはお百姓の思いが籠められているんだ。自分が手間暇かけて育てたっていう、愛着だよ」

「アイチャク？」

お玉が首を傾げる。清史郎は微笑んだ。

「愛しいと思うことだ。お玉だって、菫に水をやったりして、手間をかけて育てているだろう。その菫を愛しいと思わないかい」

「思う！　毎朝、成長を見るのが楽しくて仕方ないの」

「だろう？　じゃあ、菫が綺麗に咲いたとして、だ。もし、誰かにその菫を売ってくれと言われたら、お玉は売るかい？」

お玉は顎に拳を当て、首を傾げる。少し考え、答えた。

「うーん。売るのは、ちょっと、何かが違うような気がするわ」

「じゃあ、その人が育てた花と交換してくれと言われたらどうだい？　あるいはその人が作った水菓子（果物）と取り替えてくれと言われたら」

お玉は拳を顎に当てたまま、笑みを浮かべた。

「それならば、考えてもいいわ」

「どうしてそう思ったんだい」

お玉はまた少し考え、清史郎を見つめた。

「その人の心が、お花や水菓子から、見えるような気がするからかしら。お金では、見えないような気がするの」

「お玉、お前はいい子だな」

清史郎は慈しむようにお玉を見つめ返し、小さな頭を撫でた。

お咲は孫助たちに囃《はや》し立てられながらも、清史郎とお玉の遣り取りを耳に挟んでいた。

悩みながらも朝吉は小鍋をすっかり空にして、お咲に頭を下げた。

「皆の意見を聞いて、ここは女将さんに間に入ってもらいたい。どうか津々井殿と俺の双方が納得いくように、裁いてもらえねえだろうか」

お咲は目を微かに動かして、清史郎のほうをまた見る。すぐに眼差しを戻して、朝吉に向かってはっきりと答えた。

「承知しました。中に入らせていただきます。一度、三人で話し合ってみましょう」

朝吉は顔をぱっと明るくさせた。

「女将さん、ありがとう。話し合う機会、必ず作りますんで。よろしくお願いします」

深々と礼をされ、お咲は、こちらこそ、と礼を返す。

お咲が引き受けたので、孫助たちも安心したようだ。皆、汁一滴残さず平らげ、ほろ酔いのいい気分で帰っていった。

清史郎はお玉と仲よく話し込み、銀二に代金を渡して、仕舞う間際に店を出た。

四

その夜、お玉が寝静まると、お咲は銀二と酒を呑みつつ語り合った。

「結局、また仲裁役を引き受けることになってしまったわ」

「いいじゃねえか。趣味程度で続けてみれば」

お咲はくすっと笑った。

「どうした」

「ううん。私にとっての揉め事解決って、朝吉さんにとっての野菜作りと同じようなものなのかなと思ってね」

銀二も笑みを漏らした。

「人から感謝されるしな。本業に差し障りのないよう、やってけばいい」

「あいよ、お前さん」

薄明かりの中、微笑み合う。お咲は不意に訊ねた。

「お玉、お父つぁんと何を話してたのかしら。やけに嬉しそうだったけれど」

「兎のことを報《しら》せていた。手習い所で飼い始めた、と」

お咲は、眠っているお玉に目をやる。

「可愛くて仕方がないのね、兎が」

「まだ名前をつけていなかったらしい。明日、皆で決めるそうだ。それで、名前の相談をしていた」

「お玉はどんな名前をつけたいのかしら」

銀二は酒を一口啜って、お玉を見やった。

「モモ、って名前を考えたようだ」

「モモ？　可愛いじゃない。でもどうしてモモなのかしら」

「その意味、分からねえか？」

にやりと笑う銀二に、お咲は首を傾げる。

「お玉は桃が好きだからかしら」

「それもあるかもしれねえが……。お玉、言っていただろ。真っ白で、目が赤い兎だって。白と赤の中間は何色だ？」

お咲はぽんと手を打った。

「ああ、桃色！　それでモモなのね」

お玉が、ううん、と声を上げて寝返りを打つ。声が些《いささ》か大きかったと、お咲は両手で口を塞《ふさ》いだ。銀二は、ふふ、と笑みを漏らした。

「お玉がそれを言ったら、お義父つぁん、感心してたぜ。明日、その名前を皆に相談してごらん、って勧められてた」

「モモに決まったら、あの子、喜ぶわね」

「いっそう可愛がるだろうな」

夫婦揃って、お玉の寝顔を見つめる。

盃を傾け合いながら、話はまた朝吉の揉め事の件になる。銀二は腕を組んだ。

「今回は、いわば町人が侍を訴え出たようなもんだ。なにやら不思議な趣《おもむき》があるぜ」

「でも、今の時代、侍が町人に訴えられることって結構あるのよ。公事師をしていた時、驚いたもの」

実は、庶民が武士を訴えることに躊躇《ためら》いはなく、むしろ裁きでは武士のほうが不利なことが多かった。

たとえば『世事見聞録』（文化十三年〈一八一六〉刊）では、「ご当地は武士を相手取りて訴訟すること容易に出来る故、少しのことも大騒に申立て出づる事なり。ここにおいて双方五分づつの失なる時は、先づ武士が負け、町人が勝つなり」と書かれている。

銀二は首を竦めた。

か」


「町人を舐めたらいかん、ってことか」

「まったくよ。町人からお金を借りて返さない武士たちが、どれほど訴えられていた
「侍様にぺこぺこしてる町人なんて、昨今では少なくなってきたんだなあ」

「朝吉さんの件だって、話を聞いていると、侍と朝吉さんの立場が逆転してるわよね。さて、双方を納得させられるよう、裁けるかしら」

銀二は節くれだった指で目尻を掻き、お咲に微笑んだ。

「お前なら、できるぜ」

お咲は銀二の肩にそっと凭れる。銀二の温《ぬく》もりや匂いが、お咲の心を落ち着かせてくれる。目を瞑《つむ》るとどうしてか、果てしなく青く広い海が、見えるようだった。

五

朝吉と約束した三日後、侍の津々井貫久郎も交えて、お咲は話し合った。

場所は、神田明神の近くの小さな稲荷。組屋敷の傍《そば》では、津々井はやはり決まりが

悪いようなので、その気持ちを慮《おもんぱか》り、少し離れたところにした。
めっきり暖かくなってきた時季、穏やかな風に吹かれて、稲荷に咲く躑躅《つつじ》が揺れて
いる。
昼餉の刻を終えて、お咲はすぐにここへ来た。まだ日は高い。朝吉は仕事の合間、
津々井は今日は勤めがないので出てこられた。御徒衆はいつもは江戸城の警固をして
いるが、だいたい一日勤めると、休みが二、三日続く。仕事が忙しい訳では決してな
く、それゆえに内職にも励めるのだろう。
津々井はお咲にも頭を下げた。
「この度は貴女《あなた》にまで迷惑をかけ、かたじけない」
「いえ、お気になさらないでください。お二方のご了承をいただけますよう、話し合
いをつけたく思っております」
津々井は顔を上げ、お咲を真っすぐに見た。歳の頃、三十五、六だろうか。朝吉よ
り少し上のように見える。窶《やつ》れていて、翳《かげ》りがあり、やはり裕福とは思えぬが、その
目は濁ってはいなかった。
津々井は掠《かす》れた声を出した。

「朝吉さんさえよければ、盗った分の野菜の金を払いたいと思っている。だが……恥ずかしながら、今、金に本当に困っているのだ。月末まではどうにか工面《くめん》するので、もう少し待ってほしい」

そこで言葉をいったん切り、津々井は唇を少し噛んで、続けた。

「金は、どれぐらい払えばよいのだろうか。朝吉さんに訊いても、答えてくれなかった。お咲さんが決めてくれれば、必ずその分を用意するので、言ってほしい」

お咲は津々井に訊ねた。

「お子様が、お躰が弱くていらっしゃって、薬礼がかかると伺いましたが」

津々井は頷いた。

「そうなのだ。それもあって、すぐには用意できないという訳だ。……だからこそ、盗むなどという愚かな真似をしてしまったのだが」

項垂れる津々井を、朝吉は見つめる。朝吉は腕を組んでずっと黙っていたが、不意に口を開いた。

「なんか……女将さんにまで来てもらって、今さら言うのも何だけど。もう、いいや。あの野菜のことは。ぜんぶ津々井様に差し上げたってことで。謝ってもらったし、それで充分です。だから女将さん、この訴え、取り下げていいかな。すまねえ」

朝吉はお咲に向かって、深々と頭を下げる。すると津々井が声を微かに震わせ、荒らげた。

「いや、それでは私の面目が立たない」

「いいですって。野菜に払ったりせずに、薬礼に充《あ》ててくだせえ」

「それとこれとは別だ。これ以上、私に恥を掻かせないでくれ」

「でもお子様のことを考えれば。俺だって子供がいるから、分かるんです」

艶やかに咲く紅色の躑躅の前で、二人は押し問答をする。お咲は、凛《りん》と声を響かせた。

「ならばこういたしましょう」

朝吉と津々井は言い合いをやめ、お咲を見る。お咲は二人を交互に眺めた。

「津々井様は、お金ですぐに払うのは無理とのこと。また、朝吉さんもそのようなことは望んでいらっしゃらない。訴えを取り下げるとまで仰《おっしゃ》いました。でもそれでは、津々井様はまるで恵んでもらったようで、矜持が傷つかれるのでしょう。それゆえ、この一件、このように裁きたく思います」

朝吉も津々井も、真摯な面持ちで、お咲を見つめる。お咲は一息つき、続けた。

「津々井様に、潮干狩りをしていただきます。そして、浅蜊《あさり》や蛤《はまぐり》や蜆《しじみ》、平目などをできる限りたくさん獲っていただいて、それを朝吉さんに渡していただきたく思います。朝吉さんから奪ったお野菜の分を、魚や貝で埋め合わせする、ということです」

つまりは物々交換に持ち込もうというのだ。お咲の裁きに、朝吉と津々井はともに目を見開き、絶句する。お咲は付け足した。

「津々井様にもお野菜を育てていただいて、穫れたもので朝吉さんに償《つぐな》ってほしいとも思ったのですが、時間がかかります。釣りをしていただいて、獲った魚で償ってほしいとも考えましたが、腕前を要します。ならば、今が時季の潮干狩りをしていただくのが、最適だと思ったのです」

弥生から卯月にかけて、江戸では潮干狩りが盛んになる。この時季はちょうど潮の干満の差が大きくなる、大潮にあたるからだ。場所は、芝浦《しばうら》、高輪《たかなわ》、品川、佃島《つくだじま》、深川洲崎《ふかがわすさき》、中川などが名高い。お咲が言ったように、浅蜊や蛤や蜆がざくざく獲れ、運がよいと平目なども獲れるので、皆、こぞって出かける。

お咲がこのような裁きを考えたのは、清史郎とお玉が話していたことに影響を受けたからかもしれない。

お金で償うだけでは見えない真心や誠意というものを、津々井に示してほしかった。お咲は微かな笑みを浮かべ、二人に訊ねた。

「朝吉さん、それでよろしいですか」

朝吉は顎を撫でつつ、頷いた。

「うん。……考えてみれば、それが一番しっくりくる。俺が手間暇かけて育てた野菜を弁償してもらうなら、津々井様にも手間暇かけて浅蜊や蛤を獲っていただくってのが」

朝吉は真に納得したようで、お咲はひとまず安心する。

「津々井様は、如何ですか」

津々井はお咲と朝吉を交互に見て、はっきりと答えた。

「朝吉さんがそれで本当によいのならば、必死で潮干狩りをして、できる限り多くの貝や魚を獲ってお渡しする。お二人に誓う」

お咲は朝吉と目と目を見交わし、微笑み合う。どうやら双方に納得してもらえる裁きができたようだ。

爽やかな風が吹く稲荷で、お咲は作ってきた証文に、二人からそれぞれ署名と捺印をもらった。控えのほうを渡して、話し合いは終了となる。

津々井がいつどこへ潮干狩りに行くかは、朝吉と二人で相談するようだ。

「はっきり決まったら、女将さんにも必ず伝えるよ」

朝吉はお咲に約束し、仕事に戻っていった。津々井も組屋敷へと帰り、お咲も急いで店に戻った。

六

卯月も下旬に入り、二十四節気では穀雨《こくう》と呼ばれる頃になった。この時季に作物の種を蒔くと、雨に恵まれてよく成長すると言われる。

とは言っても晴天が続き、お玉は今日も早起きして菫に水をやり、お咲を手伝って朝餉の用意をして食べて、元気がよい。手習い所に行く支度をしていると、猫騒ぎを起こしたお千香《ちか》が迎えにきた。

「お玉ちゃん、おはよう」

愛らしい声が響く。早めに手習い所に行って、二人で兎の当番をするようだ。兎の名前は、お玉が考えたモモに決まったらしい。

お咲はお玉とお千香に、朝餉に使ってあまった蕪の葉を包んで渡した。

「よければこれもモモに食べさせてあげてね」

「モモ、喜ぶわ」

「ありがとうございます」

お千香の溌剌とした声に、お咲は目を細めつつ、訊ねた。

「お玉から聞いているわ。二人とも、お留さんと仲よくしているようね」

「はい。近頃はムギもすっかり落ち着いて、逃げ出すこともありません。お留さんは、ムギはもちろん、私たちのことも可愛がってくれます。遊びにいくのが楽しいです」

「よかったわ。これからも元気なお顔を見せてあげてね」

「はい」

お玉とお千香は声を揃え、笑顔で手習い所へ向かった。朝の日差しが、幼い子たちに降り注ぎ、黒髪が煌《きら》めいている。その後ろ姿を眺めながら、お咲はふと思う。

――まるで小鳥と子猫が連れ立って歩いているようだわ。小鳥と子猫が子兎のお世話をするとは、なにやら面白いわね。

見えなくなるまで見送り、笑みを浮かべて中へと戻った。


その夜、店を仕舞って後片付けをしていると、店の戸が叩かれた。お咲は銀二と目と目を合わせる。

お咲は何かを予感して、銀二が出ていくより先に、入口に駆け寄った。

「はい、どちら様ですか？」

「朝吉です。津々井様もいます」

お咲は急いで心張り棒を外して戸を開けた。二人が並んで立っていて、お咲に一礼した。

「すみません、こんな刻限に」

「私がどうしてもお咲さんにお礼をしたくて、朝吉さんに連れてきてもらったのだ」

津々井は抱えた桶を、お咲に差し出した。

「今日、深川洲崎に潮干狩りにいって、一日かけて山のように獲ってきた。約束どおり朝吉さんに渡したのだが、多過ぎて食べられないと言われてしまった。それで二人で話し合い、是非お咲さんにお裾分《すそわ》けしたいということになった。あまりもののようで申し訳ないが、受け取ってもらえないだろうか」

津々井は真摯な眼差しで、お咲を見る。朝吉が付け加えた。

「女将さんは、お裁きの代金は受け取らねえってことだけれど、これならば受け取ってもらえるよな。浅蜊、蜆、蛤がたっぷりある。平目も一匹。二匹獲れたそうだが、一匹は俺がもらった」

朝吉がちらと舌を出す。お咲は桶を受け取り、二人に微笑んだ。

「とっても嬉しいです。ありがたくいただきます」

「よかった。受け取ってもらえて」

津々井の顔が忽《たちま》ち明るくなる。安堵したのだろうか、その目は微かに潤んでいるように見えた。朝吉が言った。

「女将さんがそれを料理に使ってくれたら、津々井様も嬉しいだろう。俺も、野菜を使ってもらった時、嬉しかったからな。穫れたらまた持ってくるよ」

お咲は笑顔で頷いた。

「遠慮せず、楽しみにしています」

「そうだ、遠慮は無用だ」

笑いが起きる。銀二が顔を覗かせ、二人と挨拶を交わした。津々井は銀二にも丁寧に頭を下げた。

「お咲さんの名裁きのおかげで、朝吉さんに、己の愚行を許してもらえた。だからと言って自分の罪が消える訳ではないが、良心の呵責《かしゃく》が幾分和らいだのは確かだ。お咲さんのお裁きで、私は救われた。これからはもう決して愚かな真似はしないと誓う。かたじけなかった」

深々と頭を下げる津々井に、銀二は言った。

「そう仰っていただけますと、女房も引き受けた甲斐があります。明日早速、料理に使わせていただきます」

「そうしてくれると、ありがたい。……私も食べにきたいが、今は節約しているところなのでな。少し余裕ができたら、是非、寄らせてもらう」

お咲は、お金はいらないので食べにきてくださいと言いかけたが、口には出さなかった。そのような言い方は、却《かえ》って津々井の矜持を傷つけるかもしれないと、思ったのだ。

お咲の代わりに、銀二が笑顔で答えた。

「はい。お待ちしております」

朝吉が津々井の背中に手を当てる。二人は提灯を提げて帰っていった。


貝類は砂抜きをするために、一晩塩水に浸《つ》けておくことにして、お咲はお玉に手伝ってもらって急いで平目鍋を作った。

「今日は殆《ほとん》ど食材が残っていなかったから、夕餉はどうしようと思っていたの。そこへ平目をもらって、まさに棚から牡丹餅ね」

お咲が嬉々として言うと、お玉も笑った。

「大きいから、ほかは韮だけでもよさそうね。あ、お豆腐も少し入れて」

「そうね。唐辛子をかけて食べると美味しいかも」

「あ、それ、いいわね！」

お玉は目尻を下げて、豆腐の水切りをする。

鍋ができると、二階の部屋で、親子水入らずで食べた。一匹の平目を、三人で分け合っても、充分な食べ応えだ。

「うむ、なかなか、いい平目だ。あっさりしつつ、噛むごとに旨味が口に広がる」

「本当に。弾力もあって美味しいわ」

身の締まり方に、お咲も目を瞠《みは》る。お玉も笑顔で食べながら、ぽつりと口にした。

「こんなに美味しい平目が獲れるなら、私も潮干狩りにいってみたいな」

お咲と銀二はお玉を見た。

「そういや、お玉を潮干狩りに連れていってやったことは、なかったな」

お玉は頷いた。

「浅蜊や蛤や蜆が、たくさん獲れるなんて、凄いわ。私はあんなに獲れないだろうけれど、やってみたいの。獲ったものをお店で使えば、元手がかからずに済むでしょう？」

お咲は銀二と顔を見合わせ、揃って笑い声を上げた。

「また生意気なことを言って」

お咲はお玉の額を、指で優しく突く。銀二はお玉のふっくらした頰を優しく摘《つ》まんだ。

「でもお玉の言うとおりだ。元手がかからなければ、その分、俺たちは儲かる」

「お金のことを煩《うるさ》く言うのはお父つぁんもおっ母さんも好きじゃないけれど、貯まれば三人で旅にもいけるわね」

　お咲が言うと、お玉は目を見開き、一階にも響くような声を上げた。

「旅に？　皆で温泉にも行けるかもしれないの？」

「そうだな。それを楽しみに、せっせと貯めるか」

　銀二が微笑むと、お玉は手を打って喜んだ。

「温泉に入れば、お肌が綺麗になるかしら。海や山、素敵な景色を眺めながら、浸《つ》かるのもいいわね。お肌に磨きがかかりそう」

　うっとりとするお玉が可笑《おか》しくて、お咲は笑みをこぼす。

「また、お早熟《ませ》なことを言って」

「そうかしら。温泉に憧れる気持ちを、素直に言ったまでよ」

　澄ました顔で答え、お玉は豆腐を頬張る。銀二が訊ねた。

「お玉はそんなに旅に行きたいのかい」

「ええ。いつかお祖父ちゃんが言っていたでしょう。人間だって猫だって、いつもとは違う景色を見たいと思うこともあるんじゃないか、って。私も、そう。いつも見てるこのお部屋もお店も、手習い所も、そこに通うまでの道も、ぜんぶ大好きな眺め。でも、まったく違った景色も見てみたいの」

「山とか、海か」

「そうよ」

銀二はお玉に微笑んだ。

「ならばお玉を、まずは小さな旅に連れていってやろう」

「小さな旅？」

お玉は目をぱちぱちと瞬かせた。

七

深川洲崎は、江戸前の海に面した景勝地である。洲崎弁天社が近くにあり、潮干狩りや、見事な初日の出が拝《おが》める場所として知られる。天気がよければ筑波山《つくばさん》を望むこともできた。

「きゃあ、綺麗！」

雲一つない青空の下、お玉はお千香と一緒に、目の前に広がる海へと駆けていく。潮の匂いがする爽やかな風に吹かれながら、お咲は声を上げた。

「転ばないよう、気をつけて！」

お玉とお千香はいったん立ち止まって振り返り、はい、と素直に返事をして、再び駆けていく。銀二はお咲の隣で、空を見上げて大きく伸びをした。

「やっぱり、いいな。たまにこういうところに来ると」

「嬉しいのは、子供たちだけではないわよね」

寄り添うお咲たちの傍らには、朝吉の家族と、津々井の家族もいる。

銀二がお玉に言った、小さな旅とは、潮干狩りにいくことだった。お玉は大いに喜び、家族三人で話し合った。どうせならば、皆で行けば、いっそう楽しめるのではないかと。そして、朝吉や津々井にも声をかけたという訳だ。

お玉が、潮干狩りに皆で行くことを手習い所で話すと、お千香も行きたいと言い出した。お千香の祖父の時蔵から頼まれ、お千香を預かり、一緒に連れてきたのだった。

お玉が通っている手習い所の休みは、毎月だいたい五日、十五日、二十五日なので、それに合わせてよろづは休みを五日と二十五日にしている。今日は二十五日だった。

お玉とお千香は暫し海に見惚れていたが、おもむろに小袖を端折《はしょ》り、貝を獲り始めた。二人とも笑顔で、こちらに向かって手招きする。

「俺も行ってくる！」

朝吉の息子の朝太郎が、走り出す。朝吉が声をかけた。

「たくさん獲れよ」

朝太郎は振り返らず、拳を掲げてやる気をみせる。子供たちを眺めながら、津々井がぽつりと言った。

「元気でよいな」

お咲は津々井を見た。娘の幸乃《ゆきの》を連れてきていたが、病弱ゆえか、おとなしい。七つというが、お玉たちのようにはしゃぐこともなく、親の傍でじっとしている。人見知りをするようで、幸乃に話しかけても、母親の和枝《かずえ》が代わりに答えていた。

子供たちを眺めながら、朝吉の女房のお類が息をついた。

「なんだか私も貝や魚を獲りたくなっちまったわ」

「私もそうです。銘々《めいめい》、潮干狩りをしましょうか」

お咲が言うと、賛成の声が上がり、それぞれ楽しみ始める。

男も女も着物を端折り、裸足《はだし》で砂を踏み締める。潮風で髪が傷まないように、お咲は手ぬぐいで姉さん被りにしていた。生暖かい砂の感触が心地よく、足や手につくのも構わずに、お咲は潮干狩りに精を出した。

「お前さん、見て！　結構ざくざく獲れるわね」

浅蜊や蜆を笊に入れながら、お咲は嬉々として叫ぶ。

「そうだな。そろそろ潮干狩りの時季も終わりだってのに」

銀二も身を屈《かが》め、熱心に貝を拾う。額に滲んだ汗を腕で拭おうとして砂がつき、それを見てお咲は微笑んだ。強面《こわもて》に砂をつけて潮干狩りに奮闘する亭主が、可愛く思えたからだ。

朝吉とお類の夫婦も賑やかに拾っていた。

「ちょいとお前さん、蟹《かに》が這《は》ってるよ！」

「それも捕まえちまえ」

「挟まれたら嫌だよ」

「俺に任しとけ！　……あっ、痛ええっ」

などと騒々しい。

津々井は先日、あれほどたくさん獲ったただけあって、黙々と熱心にその腕前を発揮する。銀二が目を丸くした。

「凄い技ですね。獲るのが素早くていらっしゃる」

津々井は汗を拭って、笑った。

「いや、自分でも驚いている。己に潮干狩りの才があったとは」

「眠っている才ってのは、誰にでもあるのかもしれませんね。なかなか気づかないだけで」

蟹に挟まれた指に唾をつけながら、朝吉が口を出す。

青空の下、笑いは絶えないが、津々井の妻子である和枝と幸乃は日傘を差して、茣《ご》蓙《ざ》の上に座っている。

海に近いほうで獲っていたお玉とお千香と朝太郎が、笊を持って戻ってきた。

「たくさん獲れたわ！」

お玉が得意げに見せびらかすと、大人たちから、おおっ、と声が上がった。

「凄いじゃねえか。三人とも潮干狩りの名人だ」

銀二に褒められ、お玉たちは顔を見合わせ、微笑み合う。お類も感心した。

「よく獲ったわねえ。お前さん、私たちより、頼もしいよ！」

「うむ。俺もしっかり獲らなきゃな。朝太郎だけには負けられねえ」

「お父つぁん、望むところだ」

親子で火花を散らす朝吉と朝太郎に、お咲はつい笑ってしまう。

「まあまあ、親子で競い合わなくても。仲よくやりましょうよ」

「まあ、そうだな。俺も大人気なかったぜ」

朝吉は頭を掻いた。

皆で楽しく話をしていると、お玉とお千香が笊を手に、急に離れた。茣蓙に座っている幸乃に見せにいったのだ。

「こんなにいっぱい、見つけました。これが、蛤。これが蜆」

「これが浅蜊で、平目も獲れました」

幸乃は目を瞬かせ、小さな声で言った。

「蛤って……こんな姿なのね」

お玉とお千香は、目と目を見交わす。母親の和枝が代わりに答えた。

「この子は、蛤の剝き身の姿しか見たことがないのよ。お吸い物にしても、殻がついたものは食べてくれないの」

　お玉は幸乃を見つめ、訊ねた。

「触ってみますか」

　蛤を摑んで、差し出す。洗っていないので、砂がついている。幸乃は黙って眺めていたが、不意に手を伸ばした。お玉が蛤を渡すと、幸乃は物珍しそうに見つめ、撫でた。

「綺麗な縞柄なのね。……すべすべしているわ」

「遠い昔には、お公家様が、蛤の貝殻を使った遊びをしていたそうです」

「こんなに美しい貝なら、お公家様も夢中になったでしょうね」

　お玉が幸乃に微笑んだ。

「一緒に、蛤を獲ってみませんか」

「え？」

　お千香も笑みを浮かべる。

「せっかくいらしたのだから、一つぐらいは。私たちがお手伝いしますので」

　幸乃は目を伏せ、口籠る。和枝は今度は口を出さず、娘を見守る。幸乃は暫し黙っていたが、小さな声で答えた。

「一つぐらいなら」

お玉とお千香は頰を緩める。幸乃は右手をお玉に、左手をお千香に握られ、立ち上がった。和枝は何も言わず、見守り続ける。

お玉が幸乃に着物の端折り方と襷《たすき》がけを教え、お千香が足袋を脱がせ、三人で砂浜を踏み締めた。足が沈んでいくような感覚が快くなかったのだろう、幸乃は一瞬面持ちを強張らせたが、嫌がることはなかった。

三人は身を屈め、貝を探して獲り始める。娘の様子を、津々井は真剣な面持ちで窺っている。お咲と銀二、朝吉たちも見守っていた。

幸乃は手に砂がつくのを初めは躊躇っていたが、段々と慣れてきたようだった。

「こうしてお外で遊ぶのも面白いですよね」

お天道様の日差しに目を細めながら、お玉が訊ねる。幸乃は微かに頷いた。

「息をするのが楽だわ」

幸乃の言葉に、お玉とお千香は首を傾げる。幸乃は続けた。

「お家で寝ている時よりも。ここは広いからかしら」

お玉とお千香は笑顔で頷いた。

「海があって、山も見えて」

「風も気持ちよいからです。……あ、幸乃様が今触れていらっしゃるのは、蛤ですよ！」

「あら、これ？」

幸乃は指を砂だらけにして蛤を摑む。

「早速獲れましたね」

お玉が叫ぶと、幸乃は満面に笑みを浮かべた。

はしゃぐ女子たちを見ながら、津々井は声を掠れさせた。

「幸乃のあんなに楽しそうな姿を見たのは、久しぶりだ」

和枝も莫蓙の上で、目元を指でそっと押さえている。

朝吉が津々井の背中に手を当てた。

「これから、たまに一緒に遊ばせてあげればいいじゃないですか。侍とか町人とか、拘《こだわ》りなく。お嬢様、お元気になられるかもしれませんよ」

「……そうだな」

津々井は大きく頷く。朝太郎が口を挟んだ。

「俺も皆さんと仲よくしたいです。お侍とか町人とか関係ねえもん」

「朝太郎、お前は可愛い女の子たちと友になりたいってだけだろ」

朝吉に鋭く言われ、朝太郎は「参ったな」と頭を掻いた。


午後《ひるご》になると、持ってきた七輪を使って、お咲は料理を始めた。獲れたての貝や魚をその場で味わおうというのだ。

皿や椀や箸は、それぞれの家族ごとに普段使っているものを持ってきている。お千香の分はお咲が用意していた。

蛤や浅蜊などは塩水に一晩浸けて砂抜きしてもよいが、微温湯《ぬるまゆ》に浸ければ四半刻《しはんとき》もしないで砂抜きができる。

砂抜きした貝は、子供たちに洗ってもらった。

皆で獲った蛤、浅蜊、蜆を鍋に入れ、七輪に載せてぐつぐつと煮込む。貝の味噌鍋、いわば味噌汁だ。澄んだ空に向かって煙が立ち上り、磯の香りと味噌の匂いが溶け合い、海辺に広がっていく。

それとは別に、平目も七輪を使って塩焼きにする。

潮干狩りをする手を止めて、お咲たちのほうを眺める者も多かった。

鍋ができると、皆で味わった。握り飯を作ってきていたので、それと一緒に。

「この景色を見ながら食べるのは、最高だな」

朝吉が唸る。朝太郎がしみじみ言った。

「旨過ぎて涙が出そうだ」

「獲れたてのものって、美味しいんだねえ。お咲さんの作り方が上手ってのもあるんだろうけどさ」

お類も箸が止まらない。お咲は微笑んだ。

「いいえ、皆で懸命に獲ったという、その気持ちが優れた味付けになってるんですよ」

「いいこと言うな。確かにそうだ」

銀二に相槌を打たれ、お咲は少々照れる。

お玉とお千香は、幸乃を挟んで食べていた。

「こんなに美味しいご飯、初めてだわ」

幸乃は、湯気の立つ味噌汁に目を細める。お玉も顔をほころばせた。

「よかったです。殻がついていても、大丈夫みたいですね」

「ええ。……どうして今まで、食べられなかったのかしら。香りもよいのに」

幸乃は蛤を見つめる。お千香が声を弾ませた。

「きっと、楽しいからです。またお外で一緒に食べましょう」

お玉とお千香が微笑みかける。幸乃の顔に不意に影が差した。幸乃は暫《しばら》く黙っていたが、おもむろに口を開いた。

「私、生まれつき躰が弱いから、あまり外で遊んだことがないの。もっと元気になれれば、楽しいことだっていっぱいあるのにって、いつも残念な気持ちでいるわ」

お玉は幸乃を見つめた。

「急がなくても、ゆっくり元気になっていけばいいと思います」

「……そうかしら」

幸乃もお玉を見つめ返す。お玉は頷き、空になった幸乃の椀に、味噌汁のお代わりをよそう。それを一口飲み、幸乃は息をついた。

娘を眺めながら、津々井は言った。

「今日、ここへ来て、よかった。私たちも誘ってくれたこと、お咲さんに厚く礼を言いたい」

「本当に。どうもありがとうございました。お咲さんには、何から何までお世話になって」

和枝も深く頭を下げる。お咲は顔の前で手を振った。

「よしてください。私は単に、皆様とご一緒に、潮干狩りをしたかっただけですから。出会えましたご縁に感謝をして」

「……ありがとう」

津々井が掠れる声で言う。朝吉がその肩に手を乗せた。

「津々井様、よかったら、お時間があるときに、畑の仕事を手伝ってもらえませんか」

津々井が朝吉を見る。朝吉は続けた。

「そしたら、二人で分け合えますでしょう。一緒に作ったものなのですから」

津々井は瞬きもせずに朝吉を見つめる。朝吉は笑顔で、津々井の肩を幾度か叩いた。

「朝顔作ったりするのが苦手でも、大丈夫ですよ！　野菜作り、俺が一からお教えします」

手にした椀を置き、津々井は声を震わせた。

「かたじけない……。まことに、かたじけない」

朝吉は津々井の細った肩をさする。和枝も、お類も涙を拭いている。お玉たちも目を潤ませ、朝太郎も洟《はな》を啜り、銀二も相変わらず強面ながら口をへの字にしている。涙を堪《こら》えている時に口元がそのようになり、ますます強い顔《こわ》になることを、お咲は知っている。

そのお咲といえば、目を兎のように赤くして、思わずもらい泣きだった。

その後も夕刻まで潮干狩りをして、皆で帰途に就いた。

「またね！」

挨拶を交わしながら、途中で朝吉一家や津々井一家と別れ、お千香を家へ送り届けた。それからお玉がどうしても行きたいというので、お咲たちは、あるところへと向かった。

日が落ち始めている中、親子三人、並んで歩く。お玉はお咲と銀二を交互に見て、嬉しそうだ。

漂っている。

辿《たど》り着いた先は、小網町《こあみちょう》二丁目の長屋だった。夕暮れ刻、魚を七輪で焼く匂いが漂っている。

木戸を通り、ある家の前で立ち止まり、腰高障子越しにお玉が大きな声を出した。

「お祖父ちゃん、いますか？」

少しの間の後、腰高障子が開かれ、清史郎が顔を覗かせた。三人が突然訪れたので、驚いたのだろう、清史郎は言葉を失った。

お玉は笑顔で清史郎を見上げ、笊を差し出した。

「今日、潮干狩りに行ってきたの。皆でたくさん獲ったから、お祖父ちゃんにもお裾分けしたくて。それで来てしまったの」

清史郎は頬を緩めた。

「よかったな。楽しかったか」

「はい、とっても。初めての潮干狩り、思い出になるわ」

笊を見て、清史郎は目を瞬かせる。

「初めての割に、ずいぶん獲ったな」

「お千香ちゃんたちも一緒だったからよ。皆で懸命に獲ったの」

「そうか。皆の真心が籠ってるんだな。遠慮せずいただくよ。お玉、持ってきてくれてありがとう」

清史郎に頭を撫でられ、お玉は目を細める。

「蛤、浅蜊、蜆がいっぱいあるから、お味噌汁を作って飲んでね。……あ、でもお祖父ちゃん、お味噌汁作るの苦手なのよね」

「い、いや、そんなことはない。作ってみるよ」

口籠る清史郎に、お玉は無邪気に言葉をぶつける。

「お祖父ちゃん、前、言っていたじゃない。味噌汁を作るのも面倒だ、自分では上手く作れた例《ためし》がない、って。家ではお味噌汁を飲まないんでしょう」

「いや、まあ、それはだな」

お玉はにっこりと微笑んだ。

「じゃあ、おっ母さんに教えてもらえばいいのに。お味噌汁は躰によいから、毎朝飲んだほうがいいわ。お祖父ちゃん、元気でいてほしいもの」

清史郎がお咲を見る。夕焼けが、腰高障子を橙色に照らしている。お咲はぽつりと口にした。

「味噌汁の作り方ぐらい、いつでも教えるわよ」

清史郎もぼそっと返した。

「まあ、その時は、よろしく頼む」

お玉は二人を交互に眺め、あどけない顔に笑みを浮かべた。

「おう。祖父ちゃん、また来るわね」

「お祖父ちゃんも、また行くよ」

「お待ちしてます！」

お玉は茶目っ気たっぷりに、愛らしい声を響かせた。銀二もお玉の頭を撫で、清史郎に一礼した。


お咲たちはまた並んで、家へと戻った。

「お祖父ちゃんにお裾分けしても、まだいっぱいあるわね」

「明日はこれで鍋を作りましょう」

「元手がかからずに済む。潮干狩りは最高だ」

夕焼けが広がる中、親子の笑顔が弾《はじ》ける。

お咲は銀二と一緒にお玉の手を引きながら、明日よろづで出す鍋の名前は、〈潮干狩り小鍋〉にしようと考えていた。

この作品は徳間文庫のために書下されました。

徳間文庫

小鍋屋《こなべや》よろづ公事控《くじひかえ》

2025年1月15日 初刷

著者 有馬美季子《ありまみきこ》

発行者 小宮英行

発行所 株式会社 徳間書店

東京都品川区上大崎三−一−一
目黒セントラルスクエア 〒141−8202

電話 編集〇三(五四〇三)四三四九
販売〇四九(二九三)五五二一

振替 〇〇一四〇−〇−四四三九二

印刷
製本 株式会社広済堂ネクスト

ISBN978-4-19-894994-5 （乱丁、落丁本はお取りかえいたします）

徳間文庫の好評既刊

馳月基矢

監修：上田聡子

深川ふるさと料理帖㈠

輪島屋おなつの潮の香こんだて

書下し

日ノ本各地の郷土料理を味わうことができる「ふるさと横丁」。地方から江戸に出てきた人々が故郷の味を懐かしんで訪れる通りだ。輪島出身のおなつは、ふるさと横丁にある「輪島屋」で働きながら許嫁《いいなずけ》である丹十郎の帰りを待っていた。命懸けの任務が無事に終わるよう祈りながら作るのは、潮の香りが漂う卯《う》の花《はな》ずしや茄子《なす》と素麺《そうめん》の煮物。お腹も心も満たされる、ふるさとの味をめしあがれ。